KB147558

열흘 가는 꽃 없다고
말하지 말라

열흘 가는 꽃 없다고
말하지 말라

김기현·안도현 편저 | 송필용 그림

1판 1쇄 발행 | 2012. 4. 2

발행처 | **Human & Books**
발행인 | 하응백
출판등록 | 2002년 6월 5일 제2002-113호
서울특별시 종로구 경운동 88 수운회관 1009호
기획 홍보부 | 02-6327-3535, 편집부 | 02-6327-3537, 팩시밀리 | 02-6327-5353
이메일 | hbooks@empal.com

값은 뒤표지에 있습니다.

ISBN 978-89-6078-136-8 03810

열흘 가는 꽃 없다고 말하지 말라

김기현·안도현 편저 | 송필용 그림

Human & Books

〈서문〉

두렵고도 설레기도

책을 내면서 조심스럽고 두려운 마음이 앞선다. 아무리 '번역은 반역'이라 하지만, 이건 너무 튀는 것이 아닌가 하는 생각이 들어서다. 그럼에도 이러한 모험을 감행하는 이유가 있다. 독자들에게 우리의 고전 한시의 세계를 좀 더 친숙하게 열어 보여주고 싶어서다.

한시는 그동안 다수의 전문가들에 의해 많이 번역 소개되어 왔다. 그런데 대개는 직역을 위주로 했기 때문에 일반 독자들의 공감과 호응을 얻기가 어려웠다. 아니 독자들의 입장에서는 상당히 짜증나고 또 불만스러웠을 것이다. 선현들의 시세계를 이해하는 데 번역문투는 생경하고 난삽하게 느껴지기 때문이다. 물론 번역자의 변(辯) 또한 무시할 수는 없다. 모든 외국어가 그렇기는 하지만 특히 한문, 그 중에서도 한시는 함축성이 워낙 강해서 번역으로 그 의미를 다 드러내기가 거의 불가능하기 때문이다. 그것은 마치, 차고 단단한 아이스크림을 따뜻하게 녹여서 사람들에게 그 맛을 보여주려는 것과도 같을 것이다. 게다가 그것의 운율까지 고려하면 한시의 번역을 아예 포기해야 할 판이다. 관심 있는 독자들에게 원문을 읽어보라고 권하면서 말이다.

그러나 전통의 한시는 그렇게 버려두기에는 너무나 깊고 소중한 사상과 철학을 담고 있다. 전공자들이 그것을 직역으로나마 독자들 앞에 내놓는 것도 이러한 이유에서일 것이다. 우리가 주제넘게 나선 것도 마찬가지다.

다만 우리는 직역을 넘어, 아니 의역까지도 탈피하여 파격적인 실험을 하기로 하였다. 우리는 그 대상을 퇴계(退溪) 이황(李滉·1501-1570) 선생의 시, 그 중에서도 매화시(梅花詩)들로 잡았다. 그것들은 선생을 포함하여 조선시대 선비들의 낭만과 사색을 농축하고 있다고 여겨졌기 때문이다.

선생의 매화시는 총 107편이다. 선생의 시들 가운데 단일 소재로는 제일 많다. 아니 중국이나 우리나라의 시인들 중에 그처럼 매화시를 많이 지은 사람은 아마 없을 것이다. 우리는 그 중에서 94편을 골랐다. 매화가 너무 단조롭게 처리되었거나, 또는 시구마다 고사가 너무 많이 묻어 있어서 그것들을 일일이 드러내기가 거의 불가능하다고 여겨진 나머지의 것들은 제외하였다.

그동안 출판된 선생 시의 번역서들에는 세 종류가 있다. 다 완

결편들이 아니지만, 이가원의 『퇴계시 역주』(정음사, 1986), 신호열의 『국역 퇴계시Ⅰ, Ⅱ』(한국정신문화연구원, 1990), 이장우·장세후의 『퇴계시 풀이 1-5』(영남대학교 출판부, 2007)가 그것들이다. 다만 모두가 대체로 직역 위주여서 독자들이 편하게 읽기가 쉽지 않다.

우리는 일차적으로 이 번역서들을 참고하였다. 먼저 김기현이 선생의 매화시들을 일반인들도 이해할 수 있도록 의역하였다. 그러나 의역 역시 시의 맛과 여운을 전달하는 데 한계가 있는 터라, 안도현이 의역된 것들을 토대로 오늘날의 시감각으로 새롭게 구성하여 노래하였다. 그리고 사이사이에는 송필용 화백이 번역시들을 읽고서 그린 그림들을 삽입하였다.

이러한 파격을 감행한 것은 선생의 매화시들을 현대시의 문법으로 번안함으로써 독자들의 입맛을 충족시키려는 의도에서다. 이는 선생의 시세계를 다소 왜곡할 수도 있다. 하지만 설사 그렇다 하더라도 이러한 실험은 독자들에게 선생과 소통할 수 있는 기회를 제공할 것으로 믿는다. 그래서 이러한 파격은 우리를 두렵게도, 설레게도 한다. 만약 그 중에 미진한 부분이 있다면 그것은 우리들 자신의 한계에서 비롯된 것이다.

독자들의 음미를 돕기 위해 김기현이 각시마다 감상문을 덧붙였다. 독자들은 편편을 읽으면서 인간 이황을 만날 수 있을 것이다. 왕조시절의 고리타분한 관리가 아니라, 또 추상적인 이기론(理氣論)의 학자가 아니라, 다정다감한 눈빛으로 세계와 사물을 마주하는 시인으로 말이다. 독자들은 어쩌면 시대를 뛰어넘어 선생 옆에 서서 선생의 읊조림을 듣고 또 공감할 수도 있을 것이다.

김기현, 안도현 임진(壬辰)년 맹춘(孟春)에 삼가 씀

목차

옥당(玉堂)의 매화를 생각하다 [玉堂憶梅]

뜨락의 매화 한 그루에 가지마다 눈이 쌓였는데
이 풍진 세상에 꿈이 고르지 않으리라
옥당에 앉아서 봄밤의 달을 대하려니
기러기 우는 소리에 고향 생각 잠겨든다

一樹庭梅雪滿枝
風塵湖海夢差池
玉堂坐對春宵月
鴻鴈聲中有所思

뜨락의 매화 한 그루
가지마다 눈을 뒤집어쓰고 있네
이 풍진 세상의 꿈이 고르지 않네

옥당에 앉아서
달을 마주하는 봄밤

기러기 우는 소리

고향 생각 사무치네

풀이

"자라 보고 놀란 가슴 솥뚜껑 보고도 놀란다"는 속담처럼, 사람들은 사물을 바라보며 자신의 감정과 생각을 투사한다. 돈만 생각하는 사람의 눈에는 꽃도 물질가치로만 비칠 것이다. 퇴계선생이 숙직을 하면서 옥당의 매화에서 아름다움을 느끼지 못하고, 오히려 '고르지 않은 꿈'을 읽은 것은 어째서일까? 아마도 치국평천하의 꿈이 당시의 뒤틀린 정치현실에 어지러워졌기 때문일 것이다. 그와 같은 상황에서 고향 생각이 나는 것 또한 자연스러운 심리현상이다. 고향은 이 풍진 세상살이의 모든 어려움과 아픔을 어루만져주는 어머니의 품과도 같이 여겨지기 때문이다. '옥당(玉堂)'이란 홍문관(弘文館)이라는 관청의 별칭이다.

이 시와 다음 장의 시는 선생이 42세 때(1542년) 지었다. 당시 선생은 홍문관 교리(校理) 벼슬을 하고 있었다.

망호당의 매화를 찾다 [望湖堂尋梅]

망호당 아래 핀 한 그루 매화꽃
몇 번이나 봄을 찾아 말을 달려왔던가
천리길 떠나는데 너를 두고 가기 어려워
문 두드려 또다시 한껏 취해보리라

望湖堂下一柱梅
幾度尋春走馬來
千里歸程難汝負
敲門更作玉山頹

망호당 아래
활짝 핀 한 그루 매화여

얼마나 봄을 물어
말 달려왔던가?

천리 먼 고향 길
너를 두고 가기 어려워

마음의 문 두드리며
다시 한껏 취해보고 싶구나

풀이

중국 당나라 때 가도(賈島)라는 시인이 있었다. 그는 어느 날 나귀를 타고 가다가 불현듯 다음과 같은 시구를 얻었다. "새는 연못 가운데에서 잠이 들고, 스님은 달빛 아래 (어느 집의) 문을 밀어 연다. [鳥宿池中樹 僧推月下門]" 그런데 그는 이어 '(문을) 밀어 연다[推]'는 글자가 아무래도 마음에 걸려, 그것을 '(문을) 두드린다[敲]'로 바꾸는 것이 좋지 않을까 생각하였다. 그는 결정을 못하고 나귀 위에서 문을 열고 두드리는 손시늉을 하다가, 마침 맞은편에서 오는 대문장가 한유(韓愈)와 부딪치고 말았다. 한유는 그 사연을 듣고는 "'두드린다'는 말이 좋겠다."고 조언하였고, 이에 그는 "僧敲月下門"으로 마음을 굳힌다. 시문을 지을 때 자구를 여러 번 손질하는 '퇴고(推敲)'라는 말이 여기에서 유래한다.

문을 밀어 여는 것과 두드리는 것이 어떤 차이를 가질까? 전자의 경우에는 들어가 머무를 자리가 이미 정해져 있으므로, 더 이상 다른 집의 문을 찾아다니며 두드리지 않아도 된다. 새가 날아다니다가 지치면 본능적으로 제 집으로 돌아와 쉬는 것처럼 말이다. 하지만 사람에게는 그러한 귀숙처가 자연적으로 주어져 있지 않다. 사람은 동물처럼 자연의 본능대로 살지 못하고 삶의 행로와 목적 등을 스스로 찾아야 한다. 대학에 진학해야 할지, 어느 과에 들어가야 할지, 어떤 사람을 친구로 사귀어야 할지, 어느 직장에 들어가야 할지, 배우자를 누구로 해야 할지 등등, 무엇 하나도 본능이 결정해주지 않는다. 이리저리 수없이 '생각의 문'을 두드리면서 결국은 자기 스스로 결단하지 않으면 안 된다. 여기에 끝없는 고민과 불안과 방황이 뒤따를 것임은 물론이다. 이것이 인간의 실존이다. 이러한 실존의식으로 시를 짓는다면 당신은 '퇴'자를 쓰겠는가, 아니면 '고'자를 쓰겠는가.

그러면 위의 시에서 선생이 '두드렸던' 것은 무슨 '문'이었을까? 이 시가 을사사화(乙巳士禍·1545) 전의 작품임을 고려하면, 그것은 벼슬(사퇴)과 관련하여 일어나는 갖가지 '생각들의 '문'이 아니었을까 싶다. 하지만 이 역시 고민이다. '치국평천하'의 이념을 포기하는 것은 선생의 자기부정에 다름 아니기 때문이다. 이래저래 열리지 않는 '문' 앞에서 자연스럽게 술 생각이 떠오른다. 우리도 그렇지 않은가. 이 점에서 선생님이나 나나 다를 게 없으니, 마음의 위로가 된다.

망호당(望湖堂)은 조선시대 조정에서 운영하는 독서당(讀書堂)의 한 건물이다. 관리들 가운데 뛰어난 사람들을 선발하여 일정기간 그 곳에서 공부하게 하였다. 오늘날로 치면 학자들의 연구년제와 비슷하다.

흐르는 물과 달빛 매화, 2011

다시 앞 시의 운자(韻字)를 써서 경열(景說)에게 답하다 [再用前韻答景說]

듣자 하니 호숫가에 매화 이미 피었는데
호사스런 사람들은 찾아오지 않는다지
가엾어라, 남녘으로 돌아가는 초췌한 이 나그네
저물도록 너와 함께 한번 취해보리라

聞道湖邊已放梅
銀鞍豪客不曾來
獨憐憔悴南行子
一醉同君抵日頹

듣자 하니 호숫가에
매화 이미 피었는데
호사스런 사람들은 찾아오지 않는다지?

가엾은 매화여,

남녘으로 돌아가야 하는 이 나그네는

저물도록 잔 놓고
너와 함께 취하려 하네

풀이

'호사스런' 부귀영화를 숭상하는 세태를 은근히 풍자하는 시다. 꽃으로 비유하면 사람들은 화사한 복사꽃이나 화려한 장미꽃만 찾아다닐 뿐, 혹설한풍 속에서 차가운 향기를 맑게 뿜는 매화를 좋아하지 않는다. 우리는 호화로운 외형과 맑은 영혼 가운데 어떠한 삶을 추구하고 있는가? 여기에서 다시 술 생각이 난다면 잠시나마 이 고민을 함께한다는 뜻이리라. 이를 평생의 화두로 삼아보면 어떨까?
시의 제목에서 '운자(韻字)'란 한시의 한 형식으로 2, 4, 6 등 짝수 행의 끝을 비슷한 발음으로 배열한 글자를 뜻한다. '앞 시의 운자'란 「망호당의 매화를 찾다」의 '래(來)'와 '퇴(頹)'를 말한다.
'경열(景說)'은 민기(閔箕·1504–1568)의 자(字)다. 옛날에는 20세가 되면 성인식으로 관례(冠禮)를 행하면서 자를 지어주었다. 어른으로 대우하여 이름 부르는 것을 피하기 위해서였다. 더 나이가 들어 학문이나 예술에 종사하는 사람들은 별도로 호(號)를 갖기도 하였다. 민기는 선생의 세 살 아래로 엇비슷한 시기에 홍문관 관리를 지냈던 인물이다.

퇴계의 초가집에서 황금계(黃錦溪)의 방문을 반갑게 맞이하다 [退溪草屋喜黃錦溪來訪]

시내 위에 그대 만나 문답을 나누면서
애오라지 그대를 위해 막걸리를 준비했네
매화꽃이 늦게 피니 하늘님도 안쓰러워
잠깐 동안 가지들에 눈을 가득 쌓았네

溪上逢君叩所疑
濁醪聊復爲君持
天公却恨梅花晩
故遣斯須雪滿枝

계곡 가에서 그대 만나니 더욱 반가워
애오라지 그대를 위해 탁주를 준비했다네

그대여,
매화꽃이 늦게 피는 걸
하늘도 안쓰러워하는 걸까?

저렇게 잠깐 가지에다
흰 눈을 쌓아 놓았네, 그려

풀이

매화꽃과 가지에 눈송이가 가득 쌓여 있는 어느 겨울날, 방안에서 바깥 풍경을 그윽이 바라보면서 '애오라지' 막걸리를 나누는 두 사람의 모습을 상상해보자. 그 자리에는 나와 너, 사람과 매화라는 분별의식이 이미 사라지고, 다만 셋이서 화해롭게 어우러지는 정조만이 감돈다. '애오라지'란 "흡족하지는 못하지만 그런대로 넉넉히 여기는 마음으로"라는 뜻이다. 도연명(陶淵明)은 「귀거래사(歸去來辭)」에서 말한다. "애오라지 자연의 섭리에 따라 삶을 마치고 돌아갈 뿐, 천명(天命)을 즐길 뿐 더 이상 무엇을 의심하랴!"

'금계(錦溪)'는 선생의 제자 황준량(黃俊良·1517-1563)의 호다. 당시 선생은 풍기군수의 자리를 조정의 허락도 없이 내던지고 고향으로 돌아갔다. 이 때문에 선생은 징계를 받아 품계를 2계급 강등 당하였다.

매화를 심다 [種梅]

광평(廣平)의 철석 같은 심장도 매화 앞에선 녹아내렸고
서호(西湖)의 임포(林逋)는 사람허물을 벗고 신선이 되었다지
올해엔 이파리도 드물어 쓸쓸하지만
내년에는 고고한 절개를 다시 보여주겠지

廣平銷鐵腸
西湖蛻仙骨
今年已蕭疎
明年更孤絶

광평(廣平)의 흔들리지 않는 심장도
매화 앞에선 녹아내렸고
서호(西湖)의 임포(林逋)는 매화를 사랑하다가
하늘의 신선이 되었다지

올해 심는 매화 한 그루
이파리가 드문드문해 쓸쓸하지만
내년에는 가지 끝으로 하늘을 찌르겠지

풀이

일이 뜻대로 안 풀린다고, 사는 게 쓸쓸하다고 낙심할 일이 아니니다. 낙심은 정신의 질병이다. 어떻게든 꿈을 심어 키워야 한다. 하다못해 화분의 화초라도 책상 앞에 놓고 정성껏 가꾸면서 꽃을 기다려 보면 어떨까? 생명을 소중히 하고 아름다움을 돌볼 줄 아는 마음은 생활의 큰 활력소가 될 것이다.

중국 당나라의 재상 송경(宋璟)이라는 사람이 있었는데, 그의 꼿꼿한 정신은 이 세상 어느 무엇에도 흔들리지 않았다. 그래서 사람들은 그가 '철석(쇠와 돌) 같은 심장'을 갖고 있다고 여겼다. 하지만 그는 매화 앞에서만큼은 그 아름다움에 감동하곤 하였다. '철석심장'이 녹아버리는 것이었다. 그는 퇴임 후 광평(廣平) 땅을 하사받았다.

중국 송나라 때 임포(林逋)라는 사람이 서호(西湖)의 고산(孤山)에서 은둔생활을 하면서 매화를 심고 학을 길렀는데, 그가 뱃놀이를 나간 사이에 손님이 오면 학이 날아 울면서 신호를 보냈다 한다. 세상 사람들은 그를 일러, "매화를 처로, 학을 자식으로 삼았다. [梅妻鶴子]"고 하였다. 오늘날 중국의 관광지 서호가 바로 그 곳이다. 하지만 아름다운 호수 주변을 거닐으면서 그처럼 맑은 풍류를 더듬으며 키워보려는 사람이 얼마나 있을까?

김계진(金季珍)이 소장하고 있는 채거경(蔡居敬)의 묵매(墨梅)에 시를 쓰다 [題金季珍所藏蔡居敬墨梅]

늙은 매화에 꽃봉오리가 옥처럼 주렁주렁 매달려 향기 가득 풍기고

가지 너머 둥근 달은 차갑게 휘영청 밝아온다

가벼운 구름조차 말끔히 사라지니

외로운 산 맑은 기운에 밤새도록 못 견디리

古梅香動玉盈盈

隔樹氷輪輾上明

更待微雲渾去盡

孤山終夜不勝淸

늙은 매화나무 가지에

꽃봉오리가 옥처럼 올망졸망한데

그 향기가 허공으로 조랑조랑 퍼진다

가지 너머

얼음바퀴 같은 둥근 달은
돌아누우면서 밝아오고
옅은 구름조차 말끔히 사라졌으니

고고한 산의 기운이 맑아
나는 밤새 뒤척일 수밖에

풀이

우리도 매화그림 속에 들어가 실물 풍경의 분위기에 한번 젖어보자. 구름 한 점 없는 밤하늘, 겨울철 차가운 달빛 아래 산중의 청명한 기운 속에서 맑은 향기의 매화꽃을 마주하고 서 있다. 매화 곁을 서성이며 떠나기 어려우리라. 잠자리도 밤새 뒤척이리라.

계진(季珍)은 김언거(金彦琚·?-?)의 자요, 거경은 채무일(蔡無逸·1496-1556)의 자다. 채무일은 서화(書畵)에 능통하였는데, '묵매(墨梅)'란 먹으로 그린 매화를 말한다.

정월 초이틀 입춘(立春)에 짓다 [正月二日立春]

(1)

창밖엔 봄바람이 아직 차가운데

창 앞의 시냇물은 잔잔히 푸르다

지극한 즐거움이 서재 안에 있으니

고대광실 나물쟁반이 나에게는 필요없네

窓外東風料峭寒

窓前流水碧潺潺

但知至樂存書室

不用高門送菜盤

창문 밖 언뜻 부는 봄바람은 아직 차갑고

창문 앞 졸졸 흐르는 시냇물은 푸르네

내 서재 안에 끝없는 즐거움이 있으니

부잣집 나물쟁반이 내게는 필요없네

풀이

옛날 중국에서는 입춘이 되면 부잣집들끼리 귀한 생채나물을 만들어 주고받았다고 한다. 이는 서로 새봄맞이를 축원하는 뜻을 담고 있다. 이 시에서 삶의 즐거움을 빈부가 아니라 책 속의 진리에서 찾는 선생의 탈속한 모습이 엿보인다. 우리도 값나가는 선물을 주고받을 게 아니라, 시집 한 권 건네보면 어떨까? 오가는 정은 진선미의 정신세계를 공유하는 데에서 더욱 깊어질 것이기 때문이다.

(2)

옛 책들 사이에서 성현을 마주하고
밝고 텅 빈 방안에 초연히 앉아 있다
창문 앞의 매화가 봄소식을 알려주니
거문고줄 끊겼다고 탄식할 것 없다네

黃券中間對聖賢
虛明一室坐超然
梅窓又見春消息
莫向瑤琴嘆絶絃

옛 책속에 계시는 눈 밝은 이 마주하고

밝고 텅 빈 방안에 초연히 앉아 있네

창문 앞 매화가 봄소식을 알려주니

거문고줄 끊겼다고 탄식할 것 없네

풀이

'거문고의 줄이 끊어짐'은 중국 백아(伯牙)와 종자기(鍾子期)라는 사람의 고사에서 유래한 말이다. 백아가 마음을 태산에 두고서 거문고를 타면 종자기는 옆에서 찬탄하기를, "훌륭하구나! 마치 높은 산과도 같구나." 하였고, 또 백아가 흐르는 물에 마음을 두고 거문고를 타면 종자기는 역시, "훌륭하구나! 콸콸 흐르는 물과도 같구나." 하였다. 후에 종자기가 죽자 백아는 거문고의 줄을 끊어버리고는 다시는 연주를 하지 않았다 한다. 자신의 음악을 알아줄 사람이 더 이상 없다고 여겼기 때문이다.
하지만 세상에 자신을 알아주는 이가 없다 해서 상심할 일이 아니다. 책 속의 성현과 대화를 나누고, 또 매화와 벗할 수도 있기 때문이다. 물론 이를 위해서는 '밝고 텅 빈' 마음을 갖지 않으면 안 된다. 세속적인 사념과 욕망을 깨끗이 비워 밝고 맑은 마음 말이다. 성현과의 대화는, 그리고 매화와의 교감은 그러한 마음으로만 가능할 것이다.
이 시는 선생이 52세 때인 1552년 지었다.

달빛 매화, 2009

한가하게 지내면서 이인중(李仁仲)과 김신중(金愼仲)에게 지어 보여준다 [幽居示李仁仲金愼仲]

은둔생활 제일의 맛은 일 없이 한가한 것
남들은 싫다지만 나는 정말 좋아라
집에서 술상을 보니 성인을 마주한 것 같고
남녘의 매화를 얻으니 신선을 만난 듯하다
벼루에 바위샘물을 부으니 붓에선 구름이 일고
산중의 달이 침상에 비쳐드니 이슬이 책에 젖는다
병중이라 글 읽기에 게으름을 피워도 괜찮으니
뱃살이 통통하다고 그대들이 웃건 말건

幽居一味閒無事
人厭閒居我獨憐
置酒東軒如對聖
得梅南國似逢仙
巖泉滴硯雲生筆
山月侵牀露灑編
病裏不妨時懶讀
任從君笑腹便便

숨어 사는 자의 가장 큰 즐거움은
일 없이 한가하게 빈둥거리는 것
남들은 싫다지만 나는 정말 좋아라

술상 위에 청주 한 병이면
성인을 마주한 것 같고
앞뜰에 남녘에서 온 매화꽃 피면
신선을 만난 것 같아라

벼루에 바위샘물을 부으니
붓끝에서 구름이 일고
산중의 달빛이 이부자리까지 비쳐드니
이슬이 책에도 젖어라

몸살이 났는데 책 좀 덜 읽으면 어떠리
뱃살이 통통해진다고 그대들이 웃어도 좋아라

풀이

선생이 두 제자의 방문을 받고 술자리를 차려 환담을 나눈다. 술상에는 청주가 놓여 있는가 보다. 청주는 성인에, 탁주는 현인에 비유되기 때문이다. 앞뜨락에는 매화꽃이 만발해 있고, 이를 비추는 산중의 달빛은 교교하다. 취중의 감흥에 시를 한 수 지으려 "벼루에 바위샘물을 부으니 붓에선 구름이 인다." 이처럼 보는 것, 듣는 것, 느끼는 것 등 오감으로 자연의 정취를 마음껏 누리는데, 글읽기에 잠시 게으름을 피운들 대수로운 일인가. 젊은이들의 발랄한 몸짓에 한번쯤 심심파적의 눈길을 던져보기도 할 일이다.

옛날 변소(邊韶)라는 사람이 어느 날 한낮에 방 안에 누워 있는데, 그의 제자들이 그 모습을 보고는 수군거렸다. "선생님은 통통한 뱃살에 잠만 자려 할 뿐, 글읽기를 게을리하네." 변소가 이를 듣고는 응대하였다. "뱃살이 통통한 것은 오경(五經)의 책을 담아서요, 잠자려 하는 것은 책의 뜻을 음미하려 해서지."

인중(仁仲)은 이명홍(李命弘·?-1560)의 자요, 신중(愼仲)은 김부의(金富儀·1525-?)의 자다. 두 사람 모두 선생의 제자다.

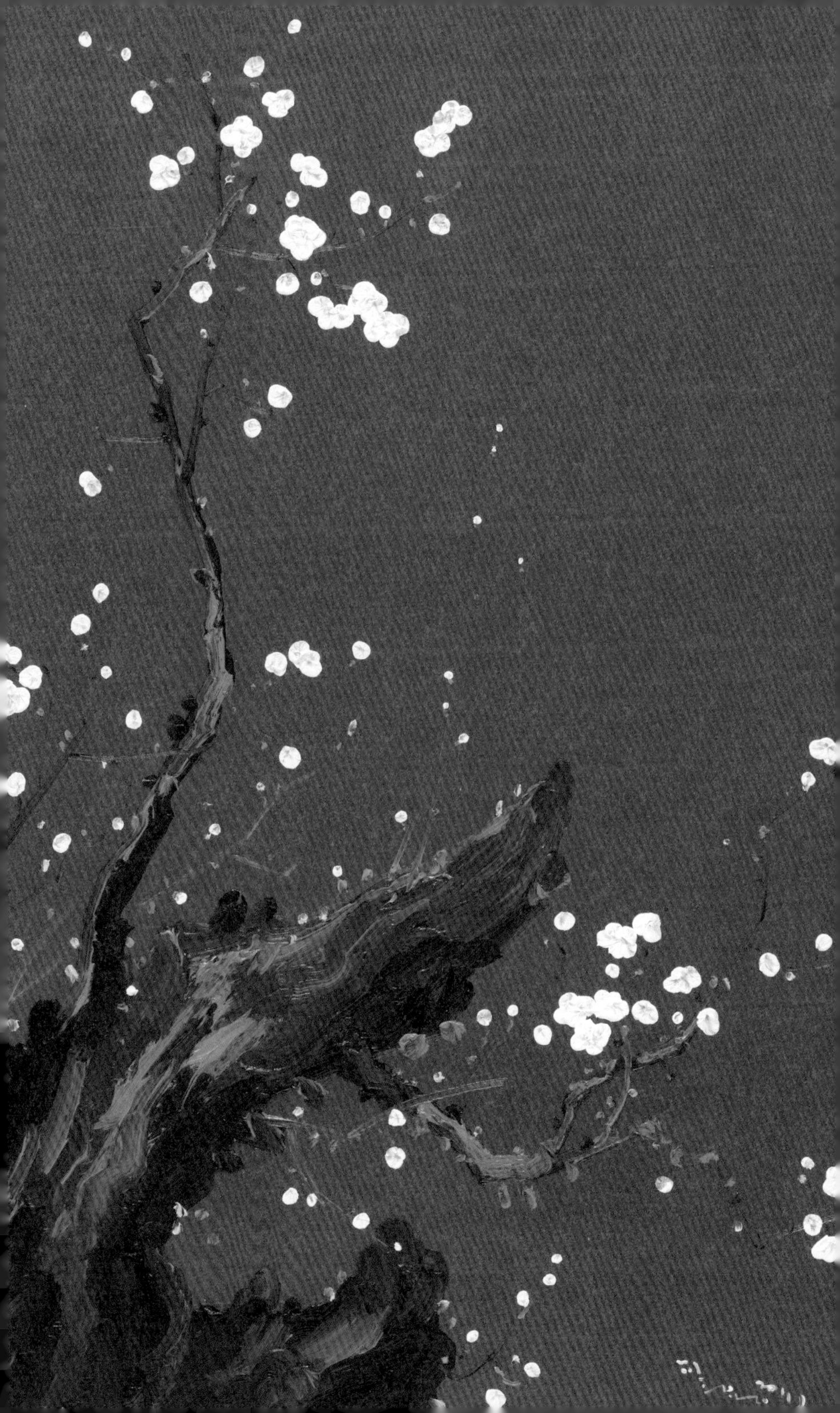

하늘의 향기는
철 따라 다른 것이 아니구나
어디에 피든 변하지 않는구나

풀이

예와 지금, 동과 서, 남과 북을 막론하고 사람이 타고나는 '천상의 향기'는 무엇일까? 영혼(불성, 덕성)의 향기? 석가모니와 공자와 예수의 향기는 지금까지도 사람들을 감화시킨다. 어느 글은 말한다. "밝은 덕은 멀리까지 향기를 발한다. [明德惟馨]" 나는 '덕의 향기'를 얼마나 발하고 있는가?

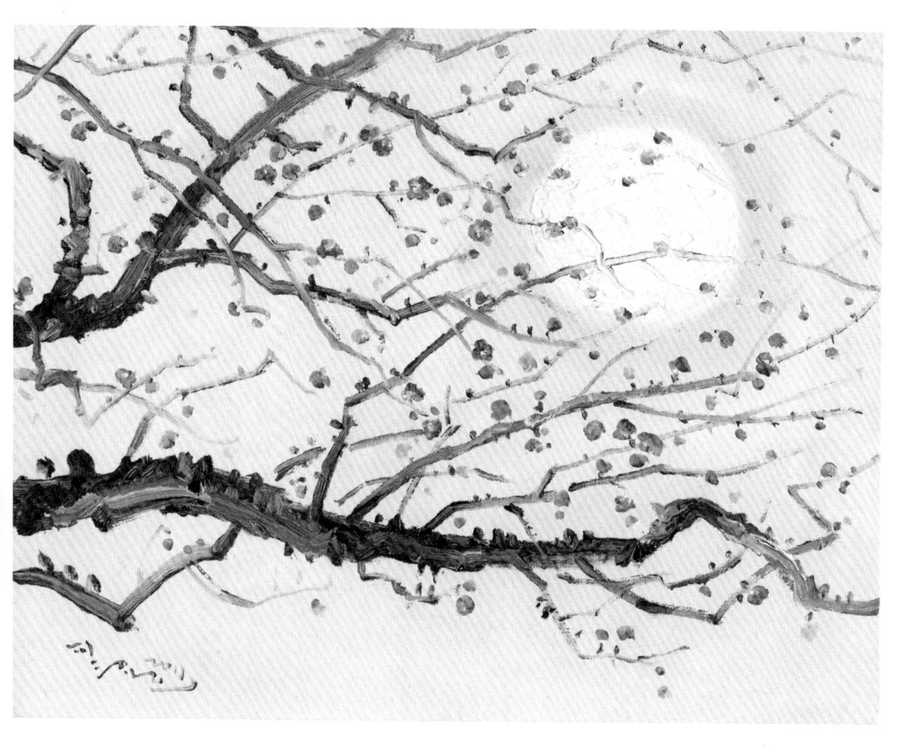

달빛 홍매, 2011

동재(東齋)에서 느낌을 노래하다 [東齋感事]

한겨울 산골짜기에 눈과 서리가 깊어서
시냇가 매화꽃이 아직 마음을 감추고 있구나
천리 밖 친구가 그리움에 견딜 수 없어라
더불어 깊은 회포를 함께 나눌 수 없으니

歲寒山谷雪霜深
溪上梅花尙悶心
叵耐故人千里外
相思難與共幽襟

세한의 산골짜기
눈과 서리가 깊다

시냇가 매화꽃
아직 마음을 숨기고 있다

천리 밖 친구 보고 싶어도
꾹꾹 참아야 한다

만나서 두 손 맞잡을 때까지는
서로 생각의 끈 놓지 않아야 한다

풀이

'천리 밖 친구'란 대사헌(大司憲)을 지내던 송기수(宋麒壽·1506-1581)를 말한다. 선생은 그의 편지에 답장을 보내면서 위의 시를 덧붙였다. 앞의 두 행은 아마도 을사사화 이후 여전히 어지러운 '한겨울'의 정국 속에서 선비들의 기상이 움츠러들어 있는 모습을 은유하고 있는 것처럼 보인다. 당연히 선생의 '그리움'에는 친구에 대한 염려도 담겨 있을 것이다.

'동재(東齋)'는 선생이 그 동안 살았던 한서암(寒棲庵)의 동쪽으로 새로 옮겨 지은 집을 말한다.

서호(西湖)에서 매화와 벗하는 학 [西湖伴鶴]

속세와 인연을 끊은 호숫가 깨끗한 오두막집에
학이 깃들어 사는 것은 매화가 있어서라네
앵무새 기르듯 날갯죽지를 자르려 하지 말라
매화와 벗하고 읊조리다 하늘로 날아오르리니

湖上精廬絶俗緣
胎仙栖託爲癯仙
不須剪翮如鸚鵡
來伴吟梅去入天

세상에서 멀리 떨어진 호숫가 오두막집에
학이 깃들어 사는 까닭은
그 집에 매화나무가 있기 때문이라네
앵무새 기르듯 날갯죽지를 자르려 하지 말게
매화를 동무 삼아 시를 읊조리다
하늘로 날아오르는 일만 남았네

풀이

옛날 어떤 사람이 학을 너무 좋아한 나머지 기르기 위해 학이 날아가지 못하도록 날갯죽지를 잘랐다. 이에 학이 고개를 숙이고 실의에 빠진 모습으로 서 있자, 이내 그는 후회하였다. "학은 원래 하늘 높이 나는 자태를 지녔거늘, 어찌 사람 가까이 두어 애완용으로 삼을 수 있겠는가." 그리고는 학의 날개가 다시 자란 뒤에 날려 보냈다.

서양의 어느 학자는 동양의 산수화를 보고는 경악을 금치 못했다고 한다. 거기에는 사람의 모습이 마치 자연의 한 산물처럼, 그것도 한참 들여다보아야만 알 수 있게 그려져 있었기 때문이라는 것이다. 그런데 위의 시(그림)를 보면 서호의 주인은 아예 배경으로 묻혀버렸다. 거기에는 학과 매화가 서로 어울리는 자연의 평화로운 분위기만 감돈다. 사람은 그 안에서 오두막집 하나 지어 살면서 그들과 더불어 지내다가 자연으로 다시 돌아가는 존재다. 오늘날 삶의 도화지에 자연을 뭉개고 오직 사람만 그려대는 우리들의 모습과 대조적이다.

이 시 역시 제자 김부의가 소장하고 있는 그림에 써준 화제다.

매화(梅花)

순백의 색깔에 맑은 향기는 속세 밖의 자태라서
시장바닥과 벼슬자리에 모두 어울리지 않아라
지난날 두보(杜甫)는 훌륭한 시구를 허비했으니
매화는 임포(林逋)를 기다려서 친구를 삼았구나

眞白眞香世外姿
市橋官閣總非宜
杜陵往費天工句
直待逋仙作己知

누구는 매화의 흰 빛깔과 맑은 향기에서
이 세상 바깥의 자태를 읽어
시장바닥과 벼슬자리에 모두 어울리지 않는다고 했다
옛적 두보(杜甫)는 훌륭한 시구를 그렇게 허비했으나

매화는 임포(林逋)를 기다려서 친구를 삼았구나
그는 매화의 영혼을 읽을 줄 아는 시인이었으니

풀이

매화는 심미적 감상과 글짓기거리에 불과한 것이 아니다. 임포처럼 매화의 혼백을 느껴야 한다. 그런데 순백의 정신은 정말 시장바닥, 벼슬자리를 벗어나야만 기를 수 있는 것일까? 옛글에 "미숙한 은자[小隱]는 산속에서 살지만, 위대한 은자[大隱]는 시장 안에서 산다."고 한다. 아스팔트 틈새기 사이에서라도 매화의 꽃을 피워볼 일이다.

열어보자. 그들은 미물이요 나는 사람이라는 분별심을 벗어나 그들과 내가 하나라는 동일체의식은 빛나는 사랑을 펼치게 해줄 것이다. 마르틴 부버는 말한다. "하나와 하나가 하나가 되면 벌거벗은 존재가 벌거벗은 존재 안에서 빛난다." 여기에서 '존재의 벌거벗음'이란 사람, 나무, 풀, 벌레 등 분별적인 사고를 떨치고 서로 존재 자체로 다가서는 것을 뜻한다.

물안개 속의 홍매, 2006

절우사(節友社)

도연명(陶淵明)의 정원에는 솔과 국화, 대나무
매화 형(兄)은 어찌하여 함께 하지 못했는가
나는 이제 이들 넷과 풍상계(風霜契)를 맺노라
곧은 절개와 맑은 향기를 너무나도 잘 알기에

松菊陶園與竹三
梅兄胡奈不同參
我今併作風霜契
苦節淸芬儘飽諳

도연명(陶淵明)의 정원에는 솔과 국화, 대나무가 살았는데
매화 형(兄)은 어찌하여 함께 하지 못했는가
나는 이제 이들 넷과 풍상계(風霜契)를 맺노라
매화 형의 곧은 절개와 맑은 향기를 너무나도 잘 알기에

풀이

우리의 전통정서상 소나무, 대나무, 국화, 그리고 매화는 상징적

인 정신으로 다가온다. 소나무와 대나무는 한겨울 추위에도 푸르름을 잃지 않는 생명의 '곧은 절개'다. 또 늦가을 서리와 북풍한설 속에서도 아름답게 꽃을 피우는 국화와 매화는 존재의 '맑은 향기'다. 이러한 마음으로 보면 그들은 보잘 것 없는 초목에 불과하지 않다. 그들은 세속의 온갖 '풍상' 속에서도 생명의 절개와 인격의 향기를 잃지 말라고 격려해주는 '형'이요 '계원'으로 다가올 것이다. 우리의 전통상 이처럼 아름다운 정신을 우리는 이미 내팽개치고 말았다. 매화를 보면서 매실주를 기대하고, 국화는 기껏 장례식장의 장식품으로만 소용된다. 오늘날 황무지와도 같은 우리들의 삶은 이의 당연한 결과다. 세계와 삶을 원점에서부터 다시 성찰할 필요가 있다.

'절우사(節友社)'란 추위 속에서도 변치 않는 절개를 지키는 정신, 즉 소나무, 대나무, 국화, 매화와의 모임(동아리)을 뜻한다.

을 것이다. 그의 곧은 절개와 고고한 정신은 그러한 덕성을 실현하기 위한 것이다. 부귀공명 의식은 오히려 이를 해치는 요인이다. 인류의 스승들이 한결같이 그것을 경계했던 이유가 여기에 있다.

자중(子中)은 앞서 소개한 정유일의 자다.

홍매, 2011

(2)

남북의 지역 따라 피는 때가 다를 뿐

처음과 끝의 차이가 있는 걸까

멀리 헤어져 그리운 사람에게 한 가지 꺾어 보낸다는

회암(晦庵)의 시구가 깊은 정을 드러냈구나

不將南北分先後

肯把初終有異同

折寄遙憐人似玉

晦庵詩句表深衷

남쪽이 먼저 피면 북쪽은 조금 더디 필 뿐

처음과 끝의 차이가 있는 건 아니다

멀리 떨어져 그리운 사람에게

매화 한 가지 꺾어 보낸다는

회암(晦庵)의 시구는 깊은 향을 비치는구나

풀이

매화, 아니 모든 꽃들은 지역에 따라 피고 지는 시기가 다르다. 그렇다고 해서 그들에게 성질의 차이가 있는 것은 아니다. '순정한 정신'은 처음과 끝이나 다를 게 없다. 연전에 남녘땅 하동의 악양에 살고 있는 박남준 시인이 진달래 화전(진달래꽃을 붙여 부친 전병)을 솜씨 좋게 만들어 전주의 친구들에게 보내온 일이 있었다. 꽃은 오는 동안 시들어버릴 테고, 시인은 맛까지 보태서 깊은 정을 그렇게 보여주었다.

벗이 시를 보내 화답을 요청하므로 차운(次韻)하여 짓다 [次友人寄詩求和韻]

성격이 편벽되어 고요함을 좋아하고
몸은 야위어서 추위에 겁이 많다
솔바람소리는 문 걸어 잠근 채 듣고
눈 덮인 매화는 화로를 끼고 본다
세상사 재미는 늙어가며 달라지고
사람살이 가는 길은 말로가 어렵구나
불현듯 깨닫고는 한 번 웃음을 지으니
모든 일이 괴안국(槐安國)의 한바탕 꿈인 것을

性僻常耽靜
形羸實怕寒
松風關院聽
梅雪擁爐看
世味衰年別
人生末路難
悟來成一笑
曾是夢槐安

한적하고 고요한 것을 좋아해서
파리한 몸은 추위도 두려워하네

솔바람소리는 문 걸어 잠근 채 듣고
눈 덮인 매화는 화로를 끼고 보네

세상사 재미는 늙어가며 달라지고
삶의 끝을 매듭짓는 일이 어렵네

불현듯 깨닫고는 크게 한 번 웃으니
모든 일이 괴안국(槐安國)의 한바탕 꿈!

풀이

'괴안국(槐安國)'은 상상 속의 나라다. 어떤 사람이 술을 마시고는 취해서 오래된 괴목(槐木·회화나무) 밑에서 잠이 들었다. 그는 꿈속에서 그 나무에 난 구멍 속으로 들어가 '괴안국'이라는 나라에 당도하였다. 그리고는 그 나라 임금의 사위가 되어서 30년 동안 남가(南柯) 지방의 태수로 지내면서 온갖 영화를 누렸다. 술에서 깨어 일어나 보니 괴목 아래에는 커다란 개미구멍이 있었고, 남쪽가지는 작은 구멍이 있었다. 부귀영화의 덧없음을 말하는 남가일몽(南柯一夢)의 어구도 여기에서 비롯된다.

오늘은 소나무와 매화가 선생에게서 방 바깥 저만치 떨어져 있다.

추위에 허약한 몸 때문이라 하지만, 노년에 때때로 느끼는 남가일몽의 허무 앞에서는 그 '계원'들도 별로 위로가 되지 못했던가 보다. 하지만 그렇다고 해서 우울에 빠질 수는 없지 않은가. 선생은 미리 지어둔 자신의 비문(碑文)에서 말한다. "자연의 섭리에 따라 삶을 마치고 돌아갈 뿐, 더 이상 무엇을 바라라오."

'차운(次韻)'이란 상대방 시의 운자(韻字)를 따르는 것을 말한다.

절우단(節友壇)의 매화가 늦봄에야 피기 시작하였다. 지난날 갑진년(甲辰年) 봄에 독서당에 있을 적에 망호당에서 매화를 구경하다가 시를 두 편 지은 일이 있었는데, 어느덧 19년의 세월이 흘렀다. 그래서 다시 한 편을 화답하여 옛날의 추억과 지금의 소감을 말하고, 이를 함께 거처하는 벗들에게 보인다. [節友壇 梅花 暮春始開 追憶往在甲辰春 在東湖 訪梅於望湖堂 賦詩二首 忽忽十九年矣 因復和成一篇 道余追舊感今之意 以示同舍諸友]

푸른 봄도 저물어가는 영남이라 산골에
복사꽃 오얏꽃이 여기저기 사람의 넋을 홀린다
온 누리가 눈부신데 외로운 매화 한 그루
하얀 꽃송이들이 복사꽃 오얏꽃의 어지러운 색깔들을 씻어낸다
그 풍류는 눈 내리는 섣달하늘도 아랑곳 않고
그 격조는 봄빛 동산에 더욱 빼어나구나
망호당 옛 시절에 신선놀음을 얼마나 했던가
이십 년 만에 또 만나니 기쁜 빛이 따사롭다
바람에 흔들리니 서호(西湖)의 벗과도 같고
달빛을 대하니 날 새는 줄도 모르겠다

날더러 묻는 말이 “어찌 그리 야위어서
구름 덮인 골짜기에 늙도록 숨어 사오”
그동안 안개 끼고 노을 비치는 산천을 너무도 사랑했거니
이제 와서 함께 정담을 나눌 사람이 어찌 필요할까
저 멀리 벗님들을 만나볼 수 없으니
너와 함께 날마다 일없이 술이나 마시리라

青春欲暮嶠南村
處處桃李迷人魂
眼明天地立孤樹
一白可洗群芳昏
風流不管臘雪天
格韻更絶韶華園
道山疇昔幾仙賞
廿載重逢欣色溫
臨風宛若西湖伴
對月不覺東方暾
問我緣何太瘦生
白首長屛雲巖門
向來自有煙霞疾
今者何須蘭臭言
天涯故人不可見
與爾日飮無何罇

푸른 봄도 저물어가는 영남이라 산골에
복사꽃 자두꽃이 여기저기 사람의 넋을 홀린다
온 누리가 눈부신데 외로운 매화 한 그루
하얀 꽃송이들이 복사꽃 자두꽃의 유혹을 씻어낸다
그 풍류는 눈 내리는 섣달하늘도 아랑곳 않고
그 격조는 봄빛 동산에 더욱 빼어나구나
망호당 옛 시절에 너로 하여 얼마나 신선처럼 살았던가
이십 년 만에 다시 만나니 그 빛깔이 더 따사롭구나
바람에 흔들릴 때는 서호(西湖)의 벗과도 같고
달빛 아래 대할 때는 날 새는 줄도 모르겠다
어찌 그리 야위어서 구름 덮인 골짜기에
늙도록 숨어 사느냐고 날더러 묻지 말라
그동안 안개 끼고 노을 비치는 산천을 오래 사랑했거니
이제 와서 함께 도란도란 이야기 나눌 사람이 어찌 필요할까
저 멀리 사는 아득한 벗들을 다시 만나볼 수 없으니
매화여, 너와 함께 날마다 일없이 술이나 마시리라

풀이

따뜻한 봄철에 화사함을 서로 다투는 복사꽃과 자두꽃. 이들은 부귀공명을 다투어 추구하는 세속적인 사람들과도 같다. 이에 반해 매화는 다른 화초들과 아름다움을 다투지 않고 한겨울의 추위에 굴함이 없이 자신의 존재를 꽃피운다. 마치 궁핍한 시대에 좌절하지 않고

오히려 그 가운데에서 맑은 생명을 성취하는 고고한 정신 같다. 여기저기에 무더기로 피어 온 누리를 눈부시게 만드는 복숭아꽃과 자두꽃들이 한 그루의 매화를 당하지 못하는 까닭이 여기에 있다. 이러한 매화와 형님, 아우하면서 술잔을 주고받을 수 있는 정신이라면, 아무리 구름 덮인 골짜기에 살면서 정담을 나눌 사람 하나 없어도 외롭지 않을 것이다.

'절우단(節友壇)'은 절우사(節友社)의 자리를 말한다. 선생은 홍문관 교리시절인 1542년과 1544년에 각각 두 편의 매화시를 남겼는데, 여기에서 19년 전이란 1544년을 말한다. 즉 이 시는 1563년에 지은 것이다.

매화나무 가지 끝에 걸린 밝은 달 [梅梢明月]

하늘 위의 얼음바퀴가 둥글게 떨어질듯
뜨락 앞 매화나무 가지 끝에 걸려 있다
냇가의 집안에 맑고 고운 모습을 잘도 감추었지만
은둔자가 거듭 둘러봄을 싫어하지 않으리라

天上氷輪若霣團
庭前玉樹掛梢端
渚宮淸艶雖藏好
何厭幽人百匝看

하늘 위 둥근 얼음바퀴 떨어질 듯
뜰 앞의 매화나무 가지 끝에 걸려 있다
물가의 궁전에 맑고 고운 모습 숨겨놓고
내가 자주 둘러봐도 싫어하지 않겠지?

풀이

매화나무 가지 끝에 걸려 있는 둥근 달(얼음바퀴)이 미끄러져 땅에 떨어질 것 같은 긴장감이 돈다. 하지만 맑고 고운 꽃에서 일어나는 심미의 쾌감이 그것을 한 순간 해소시켜준다.

매화그림에 쓰다 [題畵梅]

비스듬히 기운 가지에 눈송이가 동글동글 맺히고
메마른 살결엔 옥구슬 같은 꽃봉오리들이 차가운 향기를 뿜는다
저 성긴 그림자는 붓끝으로 그려낸 것이 아니라
고산(孤山)의 달빛 아래에서 바라보는 듯 하구나

一樹橫斜雪作團
香肌瘦盡玉生寒
不知疎影傳毫末
疑向孤山月下看

비스듬히 기운 가지에
동글동글 눈송이가 맺힌 듯

메마른 살결에 옥구슬 같은
꽃봉오리가 찬 향기를 뿜는 듯

저 성긴 매화의 그림자는
절대 붓끝으로 그려낸 것이 아니다

고산(孤山)의 달빛을 비춰 바라보듯 생생하다

풀이

비스듬한 가지, 성긴 그림자, 동글동글한 눈송이, 옥구슬 같은 꽃봉오리… 눈에 선하다. 그림 속에 들어가 달빛 아래에서 매화의 향기를 맡고 있는 것 같은 착각이 든다.

홍매(紅梅)를 읊은 시를 차운하다 [紅梅韻]

옥과 같은 모습에 주사(朱砂)로 단장한 듯
뭇 꽃들이 기꺼이 봄빛을 양보하네
좋은 묘목을 얻어다가 절우사(節友社)에 심었더니
그대의 집과 다름없이 향기를 독차지하네

玉貌丹砂略試裝
羣芳甘與讓韶光
嘉栽已得來同社
不分君家獨擅香

옥과 같은 자태에다 붉은 주사(朱砂)로 단장한 듯
뭇 꽃들이 기꺼이 봄빛을 양보하네
좋은 묘목을 얻어다가 절우사(節友社)에 심었더니
그대의 집과 다름없이 향기를 마음껏 퍼뜨리네

풀이

'백문(百聞)이 불여일견(不如一見)'이라고, 초봄 쯤 전남 승주 선암사

(仙岩寺)에 여행이라도 한번 가볼 일이다. 절 뒤편에 피어 있는 홍매에 내 마음도 동글동글 붉어지리라. 시에서 '주사(朱砂)'란 붉은 색의 광물질로서 한방의 약재로 쓰인다. 선생은 이 시에 다음과 같이 덧붙이고 있다.

"작년에 부내(지명)의 홍매를 한 가지 꺾어다가 접붙였지만 살리지 못했는데, 금년에는 안동에서 묘목을 얻어와 심었다. 그래서 김돈서(金惇叙)가 감상하며 지은 시를 보고서 아울러 언급하였다."

뜨락의 매화를 읊으니, 두 편이다 [庭梅二絶]

(1)

뜨락 앞에 손수 심은 작은 매화가
올해에야 한 가지에 꽃이 피었구나
드문드문 꽃망울들이 봄철을 다투지 않는데
복사꽃 오얏꽃이 시샘할 일 있겠는가

手種庭前小小梅
今年初見一枝開
疎英不鬪芳菲節
桃李何須與作猜

뜰 앞에 손수 심은 작은 매화
올해에야 한 가지에 꽃을 피웠구나
드문드문 꽃망울들이 봄철을 다투지 않는데
복사꽃 자두꽃이 시샘할 일 있겠는가?

풀이

복사꽃이나 자두꽃들과 아름다움을 다투지 않는 저 매화의 꽃망울은 무슨 꿈을 꾸고 있을까? 나의 꽃망울은?

(2)

얼음을 깎은 듯 옥을 다듬은 듯 한겨울의 자태로
저물어가는 봄날에 활짝 꽃이 피었네
하늘의 향기는 철 따라 다른 것이 아니요
지역에 좌우되는 것도 아니라오

剪冰裁玉歲寒姿
開向青春欲暮時
自是天香無早晩
不應因地有遷移

한겨울에
얼음을 깎은 듯
옥을 다듬은 듯

저무는 봄날에도
활짝 열린 매화를 보라

하늘의 향기는

철 따라 다른 것이 아니구나

어디에 피든 변하지 않는구나

풀이

예와 지금, 동과 서, 남과 북을 막론하고 사람이 타고나는 '천상의 향기'는 무엇일까? 영혼(불성, 덕성)의 향기? 석가모니와 공자와 예수의 향기는 지금까지도 사람들을 감화시킨다. 어느 글은 말한다. "밝은 덕은 멀리까지 향기를 발한다. [明德惟馨]" 나는 '덕의 향기'를 얼마나 발하고 있는가?

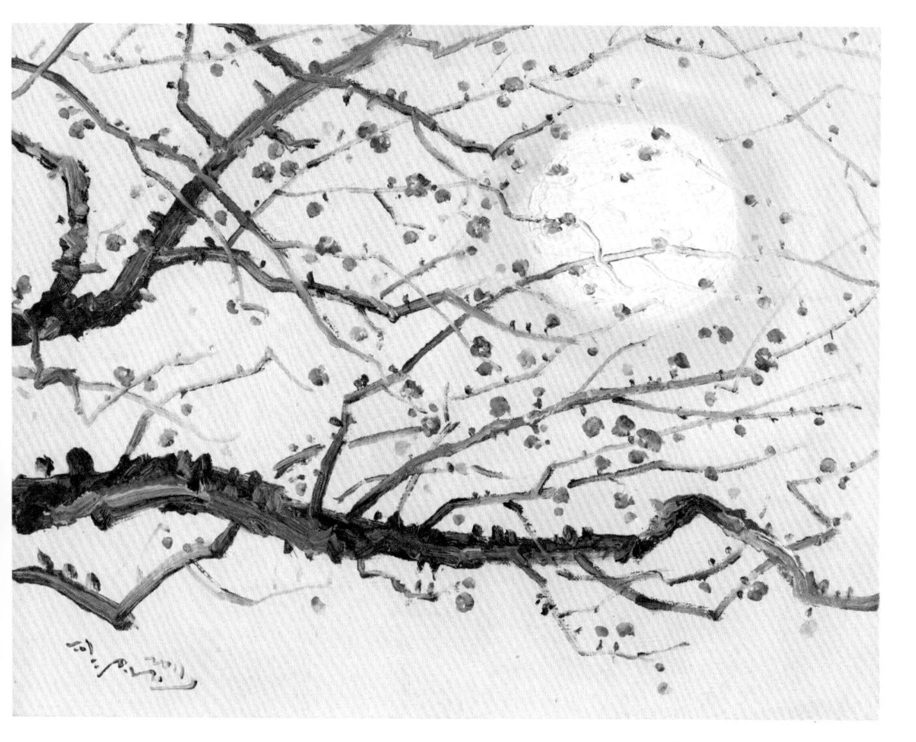

달빛 홍매, 2011

고산(孤山)의 매화 속에 숨은 이 [孤山梅隱]

노 저어 돌아오니 학이 주인을 따르고
매화 곁에 한가히 앉으니 마음이 절로 맑고 깨끗하다
찾아온 손님도 범상한 이는 아닐 텐데
무슨 일로 머뭇머뭇 아직도 몸을 숨기는가

返棹歸來鶴趁人
梅邊閒坐自淸眞
門前想亦非凡客
底事逡巡尙隱身

노 저어 돌아오는 사람을 학이 따르고
매화 곁에 한가히 앉을 때는
마음이 절로 맑고 깨끗해지네
저기 찾아온 손님도 범상한 이 아닐 텐데
무슨 일로 머뭇머뭇
아직 몸을 숨기고 있는 것일까?

풀이

손님은 왜 몸을 숨기고 있을까? 주인과 매화와 학이 서로 어울려 한가롭게 지내는 청정한 세계에 감히 범접하기 어려워서였을까? 하지만 우리는 그러한 은자(隱者)들을 언제든 찾아가 만날 수 있다. 그들이 남긴 글을 통해서 세속에 지치고 찌든 마음을 맑게 정화할 수 있다. 문제는 우리들 자신의 의지에 달려 있다. 억만 년을 빌어도 다시는 못 가질 소중한 삶을 부귀영화나 좇으면서 속되게 살 것인가, 아니면 '천상의 향기'를 찾아 맑게 살고 싶은가?

이 시는 선생이 제자 정유일(鄭惟一·1533–1576)의 요청으로 병풍그림에 써준 화제(畫題)다. 선생은 이에 대해 다음과 같이 덧붙인다.

"그림 가운데에는 배를 돌리자 학도 되돌아오는데, 문밖에는 손님이 보이지 않는다."

서호(西湖)에서 매화와 벗하는 학 [西湖伴鶴]

속세와 인연을 끊은 호숫가 깨끗한 오두막집에
학이 깃들어 사는 것은 매화가 있어서라네
앵무새 기르듯 날갯죽지를 자르려 하지 말라
매화와 벗하고 읊조리다 하늘로 날아오르리니

湖上精廬絶俗緣
胎仙栖託爲癯仙
不須剪翮如鸚鵡
來伴吟梅去入天

세상에서 멀리 떨어진 호숫가 오두막집에
학이 깃들어 사는 까닭은
그 집에 매화나무가 있기 때문이라네
앵무새 기르듯 날갯죽지를 자르려 하지 말게
매화를 동무 삼아 시를 읊조리다
하늘로 날아오르는 일만 남았네

풀이

옛날 어떤 사람이 학을 너무 좋아한 나머지 기르기 위해 학이 날아가지 못하도록 날갯죽지를 잘랐다. 이에 학이 고개를 숙이고 실의에 빠진 모습으로 서 있자, 이내 그는 후회하였다. "학은 원래 하늘 높이 나는 자태를 지녔거늘, 어찌 사람 가까이 두어 애완용으로 삼을 수 있겠는가." 그리고는 학의 날개가 다시 자란 뒤에 날려 보냈다.
서양의 어느 학자는 동양의 산수화를 보고는 경악을 금치 못했다고 한다. 거기에는 사람의 모습이 마치 자연의 한 산물처럼, 그것도 한참 들여다보아야만 알 수 있게 그려져 있었기 때문이라는 것이다. 그런데 위의 시(그림)를 보면 서호의 주인은 아예 배경으로 묻혀버렸다. 거기에는 학과 매화가 서로 어울리는 자연의 평화로운 분위기만 감돈다. 사람은 그 안에서 오두막집 하나 지어 살면서 그들과 더불어 지내다가 자연으로 다시 돌아가는 존재다. 오늘날 삶의 도화지에 자연을 뭉개고 오직 사람만 그려대는 우리들의 모습과 대조적이다.
이 시 역시 제자 김부의가 소장하고 있는 그림에 써준 화제다.

도산으로 매화를 찾아가니 지난겨울 심한 추위로 꽃망울들이 상하고, 남은 꽃들은 늦게 피어 초췌하고 가련하였다. 이를 탄식하면서 짓는다 [陶山訪梅 緣被去冬寒甚蕊傷 殘芳晩發 憔悴可憐 爲之歎息賦此]

벗이 꽃구경을 약속하고서도 오지 않아
외로운 지팡이를 짚고 오래도록 서성댄다. 흰 구름은 쌓이는데
더군다나 오랜 벗 매화 세 그루엔 애잔하게
늦은 봄 몇 송이가 겨우 피어 있다
손을 스치는 맑은 바람은 맥없이 시원하고
처마 곁의 밝은 달은 저 혼자서 배회한다
내년에는 매화 구경을 잘 할 수 있을지
시 한수 읊조리며 넘치는 시름을 억누르지 못한다

有客同心期不來
孤笻延佇白雲堆
重嗟宿契三梅樹
只向殘春數萼開
入手淸風空灑落
傍簷明月自徘徊

明年此事知誰未
愁思吟邊浩莫裁

꽃구경 같이 하자 약속한 친구
흰 구름은 쌓이는데 오지 않아서
외로운 지팡이 짚고 오래도록 혼자 서성댄다

더군다나 오래 알고 지낸 매화 세 그루엔
애잔하게 늦은 봄 몇 송이가 겨우 피어 있는데

손에 닿는 맑은 바람은 한없이 서늘하고
처마 끝에 걸린 달은 저 혼자서 배회하고 있는데

내년에는 매화 구경 같이 할 수 있을지
시 한수 읊조리며 넘치는 시름을 억누르지 못한다

풀이

집 안에 화초를 기르는 사람도 이러한 심정을 다소 가지리라. 화초의 꽃망울에서 터질 듯 고운 생명의 힘을 느끼기도 하고, 시들어가는 그 모습에서 생명 손상의 마음 아픔을 겪기도 할 것이다. 더 나아가 화초를 넘어 길가의 풀 한 포기, 벌레 한 마리에게까지 마음을 열어보자. 그들은 미물이요 나는 사람이라는 분별심을 벗어나 그들과 내가 하나라는 동일체의식은 빛나는 사랑을 펼치게 해줄 것이다. 마르틴 부버는 말한다. "하나와 하나가 하나가 되면 벌거벗은 존재가 벌거벗은 존재 안에서 빛난다." 여기에서 '존재의 벌거벗음'이란 사람, 나무, 풀, 벌레 등 분별적인 사고를 떨치고 서로 존재 자체로 다가서는 것을 뜻한다.

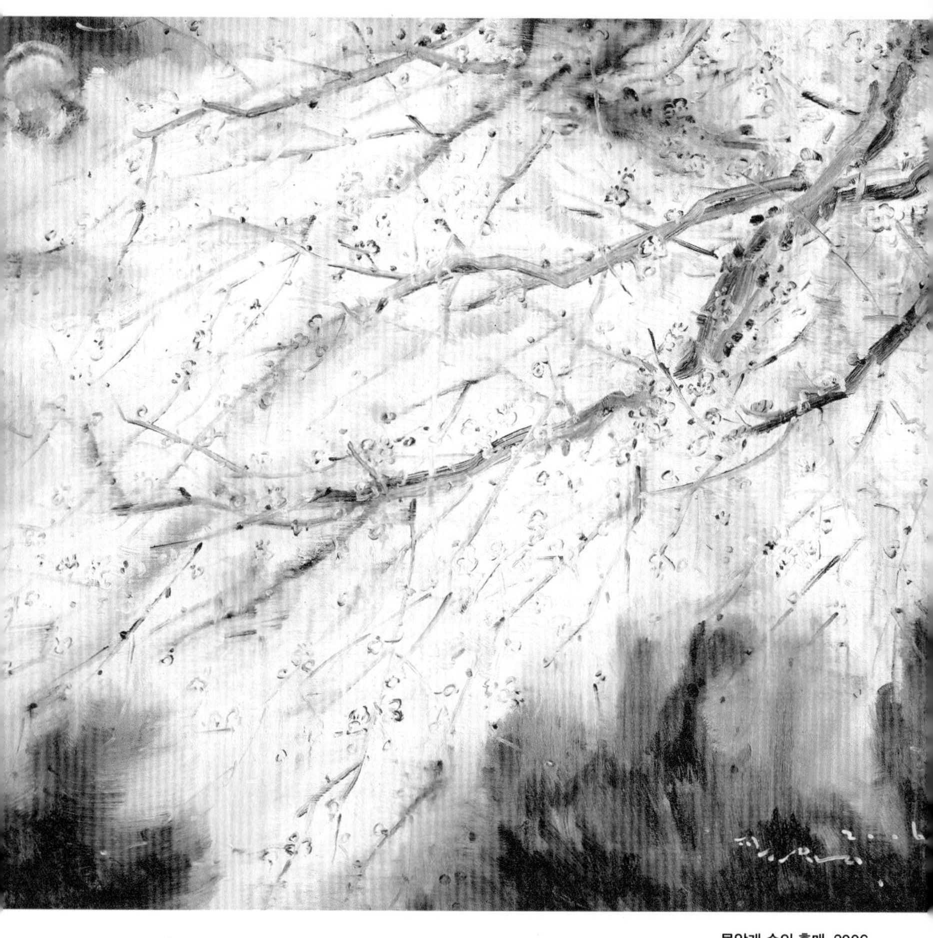

물안개 속의 홍매, 2006

3월 13일 도산에 가보니 매화가 추위로 작년보다 더 심하게 손상을 입었고 움막 속의 대나무도 시들어 있었다. 그래서 지난해에 지은 시를 차운하여 이를 탄식하는 뜻을 밝힌다. 이때에 진보(眞寶) 현감 정자중(鄭子中)과도 약속이 있었다 [三月十三日 至陶山 梅被寒損 甚於去年 窨竹亦悴 次去春一律韻 以見感歎之意 時鄭眞寶亦有約]

아침나절 산 너머에서 봄을 찾아와보니
난만한 산꽃들이 비단 쌓인 듯 눈에 들어온다
놀랍게도 움막 속의 대나무는 시들어 있는데
더디 피는 매화나무를 애처롭게 어루만진다
성긴 꽃잎은 바람에 뒤집혀 나풀대고
모진 마디는 비를 만나 사납게 꺾이었다
지난해 약속했던 벗이 오늘도 오지 않으니
맑은 시름 여전히 넘쳐 억누르기 어렵다

朝從山北訪春來
入眼山花爛錦堆
試發竹叢驚獨悴
旋攀梅樹歎遲開

疎英更被風顚簸
苦節重遭雨惡摧
去歲同人今又阻
淸愁依舊浩難裁

아침나절 산 너머로 봄을 찾아 나섰더니
산에 일찍 핀 꽃들이 비단 쌓인 듯 눈에 들어온다
그런데 놀랍게도 움막 속의 대나무는 시들어 있고
아직 꽃 피우지 못한 매화나무만 애처롭게 어루만진다
성긴 꽃잎은 바람에 뒤집혀 나풀대며 찢어졌으리라
모진 마디는 비를 만나 사납게 꺾이었으리라
지난해 약속했던 친구가 오늘도 오지 않으니
마음속에 넘치는 맑은 시름 애써 억누르기 어렵다

풀이

사람들은 봄철 난만하게 핀 꽃들을 좋아라 찾아다니는데, 선생의 눈에는 그것들이 들어오지 않는가 보다. 한데 얼어붙은 땅에서도 변치 않는 대나무의 곧은 절개와 매화의 고고한 정신이 왜 그토록 소중한 것일까? 이는 근본적으로 사람은 어떠한 존재이며, 무엇을 위해 살아야 할지를 묻게 해준다. 인간존재의 의미와 삶의 가치를 고결한 덕성(영혼)에서 발견하는 사람은 '난만한' 부귀공명을 안중에 두지 않을 것이다. 그의 곧은 절개와 고고한 정신은 그러한 덕성을 실현하기 위한 것이다. 부귀공명 의식은 오히려 이를 해치는 요인이다. 인류의 스승들이 한결같이 그것을 경계했던 이유가 여기에 있다.

자중(子中)은 앞서 소개한 정유일의 자다.

홍매, 2011

매화 구경 [觀梅]

동지(冬至) 뒤라 매화가지가 하마 봄뜻을 머금었을 텐데
산중의 늙은이는 구경을 못해 깊은 정만 쌓여 있다오
때마침 그대 혼자 가서 봄소식을 더듬으며
저물녘 조각달 비낄 때까지 읊조리고 왔구려

至後梅梢意已生
山翁不見佇幽情
多君獨去探消息
吟到黃昏片月橫

동지(冬至) 지난 매화가지는
하마 봄뜻을 머금었을까

산중의 늙은이는 보지 못해
그리움만 쌓였지

마침 그대 혼자 봄소식 더듬으러 가서
저물녘 조각달 비낄 때까지 읊조리고 왔구나

풀이

선생은 매화만 그렇게 그리워했지만, 우리는 주변에 화초의 꽃망울들이 머금고 있는 아름다운 생명의 뜻을 한번 더듬어 보자. 그리고 그 감상을 한 번 읊조리면서 벗에게 편지라도 띄우면 더욱 좋겠다. 이는 선생의 제자 김취려(金就礪·1526-?)가 도산에 놀러가 매화를 구경하면서 읊은 시를 차운한 것이다.

느낀 바를 적는다 [寓感]

(1)

진달래꽃 만발하여 온산을 뒤덮었고

복사꽃 살구꽃도 어지러이 피었구나

꽃피고 시드는 일에 일찍부터 마음 두지 않았으니

저들에게 매화꽃을 비교하려 하지 말라

杜鵑花似海漫山

桃杏紛紛開未闌

早識不關榮悴事

莫將梅蘂較他看

진달래꽃 난만하게 산을 뒤덮고

복사꽃 살구꽃도 어지러이 피었다

꽃 피고 지는 일에 일찍 마음 빼앗기지 않았으니

저들하고 매화꽃을 함부로 비교하지 말게나

풀이

진달래꽃, 복사꽃, 살구꽃이 무슨 잘못을 저질렀으랴. 하지만 부귀영화의 어지러운 모습에 마음을 빼앗기지 말고, 남들과 비교함이 없이 오직 자신의 존재를 꽃피우는 삶의 정신을 배울 일이다.

(2)

매화나무에 희끗희끗 꽃이 조금 붙었지만
성글고 여위어 비스듬히 기운 모습이 사랑스럽다
삼성(參星)이니 황혼 새벽을 따질 게 무엇 있나
향기로운 가지 끝에 움직이는 달빛을 바라보라

梅樹依依少著花
愛他疎瘦與横斜
不須更辨參昏曉
看取香梢動月華

희끗희끗한 꽃이 띄엄띄엄 붙었지만
가지는 성글고 여위어 비스듬히 기울었지만
매화는 언제 어디서나 사랑스럽다
저물녘이든 새벽이든 따질 게 무엇 있나?
향기로운 가지 끝에 움직이는 달빛을 오래 바라보자

풀이

앞서 소개한 임포의 시 가운데 절창(絶唱)으로 알려진 두 구절이 있다. "매화가지의 성긴 그림자는 호숫가 맑은 물에 비스듬히 드리우고 / 그윽한 향기는 황혼의 달빛 아래 떠다닌다. [疎影橫斜水淸淺 / 暗香浮動月黃昏]" 눈을 감고서 이 풍경을 상상하다 보면 매화의 그윽한 향기가 코끝을 스칠 것 같다.

'삼성(參星)이니 황혼 새벽' 운운한 것은 옛사람들이 매화를 읊으면서 그 시간적인 배경으로 삼성(별이름)의 출몰 시기나 황혼, 새벽의 시간을 왈가왈부한 것을 두고 한 말이다.

(3)

빼어나게 아름다운 풍류는 옥빛의 눈송이 같으니
봄꽃 속에 섞여 피었다 괴이하게 여기지 말라
천하태평 시절에도 렴계(濂溪) 그 노인은
가슴속 광풍제월(光風霽月)이 속세에 빛났더라

絶艶風流玉雪眞
開時休怪混芳春
太平當日濂溪老
光霽襟懷映俗塵

빼어난 풍류는 옥빛의 눈송이 같으니
봄꽃 무리 속에 섞여 피었다 한들 탓하지 말게나
천하태평 시절에도 렴계(濂溪) 그 노인은
가슴속 광풍제월(光風霽月)이 세상에 빛났지

풀이

'렴계(濂溪)'는 중국 송나라 주돈이(周敦頤 · 1017–1073)의 호로서, 성리학의 시조로 추앙받았던 학자다. 뒷날 사람들은 그의 심흉이 "화창한 봄바람에 비 개인 뒤의 달빛[光風霽月]"과도 같다고 칭송하였다. 전라남도 담양 소쇄원(瀟灑園)의 '광풍각(光風閣)'과 '제월당(霽月堂)'이라는 이름은 여기에서 따온 것이다. 이 시는 매화가 늦게 피어 다른 봄꽃들과 섞여 있지만, 유달리 빼어나게 아름다운 그 풍류는 '광풍제월'과도 같은 정신으로 사람들에게 감동을 준다는 뜻을 말하려 하고 있다. 매화 이전에, "화창한 봄바람에 비 개인 뒤의 달빛"과도 같은 정신세계에 상상적으로나마 한번 들어가 보면 어떨까.

매화가지를 꺾어 책상 위에 꽂아두다 [折梅揷置案上]

매화송이가 봄을 맞아 찬 기운을 띠었구나
한 가지 꺾어다가 창문 아래 마주 본다
산중 밖 벗님을 잊지 못해라
시들어가는 천상의 향기를 두고 보기 어렵구나

梅萼迎春帶小寒
折來相對玉窓間
故人長憶千山外
不耐天香瘦損看

봄을 맞은 매화송이
찬 기운을 뿜고 있다

한 가지 꺾어다가
창문가에서 서로 마주 본다

산중 밖 아득한 친구 잊지 못해라

시들어가는 하늘의 향기를

혼자 보기 아깝구나

풀이

선생이 잊지 못했던 '산중 밖 벗님'은 누구였을까? 매화의 정신을 알지 못하고 속세에 파묻혀 사는 사람들이라고 해석해볼 수는 없을까? 어쩌면 선생은 사람들이 자기 안에서 '천상의 향기'를 자각하지 못하고 밖으로 부귀영화만 좇는 것에 대해 안타까운 마음을 갖고 있었는지도 모른다. 하지만 매화가지를 꺾는 일은 좀 마음에 걸린다. 매화뿐만 아니라, 아름다운 꽃들을 어떻게 차마 꺾을까. 평소 꽃다발을 보노라면 안쓰러운 마음이 든다.

21일 우연히 짓다 [二十一日偶題]

군(郡)의 관사 동쪽에 매화가 막 피었는데
나그네는 병이 들어 시름 속에 누워 있다
찬비에 매서운 바람이 멈추지 않으니
천상의 향기와 빼어난 아름다움을 함께 나눌 사람이 없구나
양양(襄陽)은 예로부터 평화의 땅이라 하였으니
이태백(李太白)이 미친 듯이 노래하며 산늙은이를 칭찬했지
지금은 옛 늙은이들 찾아보기 어려운데
녹문(鹿門)의 방덕공(龐德公) 같은 이가 어디에 있을까

梅花初發郡舍東
客子臥病愁思中
冷雨凄風殊未已
天香國艶無與同
襄陽自古稱樂國
李白狂歌詫山翁
只今耆舊無多存
誰是鹿門龐德公

군(郡)의 관사 동쪽에 매화가 막 피었는데
나그네는 병이 들어 시름 속에 누워 있다
찬비에 매서운 바람 멈추지 않으니
하늘의 향기와 빼어난 아름다움 함께 나눌 사람이 없구나
양양(襄陽)은 예로부터 평화의 땅이라 하였으니
이태백(李太白)이 미친 듯이 노래하며 산늙은이를 칭찬했지
지금은 옛 늙은이들 찾아보기 어려운데
녹문(鹿門)의 방덕공(龐德公) 같은 이가 어디에 있을까?

풀이

역시 '천상의 향기'는 매화에서 풍겨나는 냄새에 그치지 않을 것이다. 선생은 매화의 향기를 맡으면서 하늘이 사람에게 본래 부여한 내면의 향기를 상념했을 수도 있다. 그러한 인간존재의 향기가 사라지고, 이제는 부귀영화의 천박한 향내만 세상을 뒤덮고 있다. 도산의 퇴계옹(退溪翁) 같은 이를 어디에 가면 만날 수 있을까.

양양(襄陽)은 예천(禮泉)의 옛 지명이다. 선생은 임금의 부름으로 상경하는 도중에 예천에 머무르면서 이 시를 지었다. 예천을 '양양'이라 말한 것은 이태백의 「양양가(襄陽歌)」를 염두에 두어서다. 「양양가」에는 다음과 같은 글귀가 있다. "옆사람이 묻기를, '무엇이 그리 우습소?' 하니, '취해서 곤드레만드레한 산늙은이가 우스워 죽겠다.' 고 대답하는구나." 여기에서 '산늙은이'란 중국 진(晋)나라 때 산간(山

簡)이라는 사람을 가리킨다. 그는 양양 땅의 원님을 지냈으며, 술을 매우 좋아하였다 한다.

방덕공(龐德公)은 중국 한(漢)나라 때 양양 사람으로 덕망이 매우 높았는데, 당시 태수의 여러 차례 초청에 한 번도 응하지 않았다. 그는 뒷날 처자를 데리고 녹문산(鹿門山)에 들어가 평생 약초를 캐 생활하면서 세상에 내려오지 않았다고 한다.

달빛 매화32, 2011

정자중(鄭子中)의 편지를 받아보고는 벼슬길 출입의 어려움을 더욱 한탄하면서 뜨락의 매화에게 묻는다 [得鄭子中書 益歎進退之難 吟問庭梅]

매화 너는 고고하여 외로운 산에 알맞은데
번화로운 세상으로 어째서 옮겨왔나
필경에는 너 또한 이름 땜에 그르친 것
이름에 시달리는 이 노인네를 무시마라

梅花孤絶稱孤山
底事移來郡圃間
畢竟自爲名所誤
莫欺吾老困名關

매화여,
너는 고고하여 외로운 산에 알맞은데
번잡한 세상으로 어찌하여 이사를 왔나?
필경에는 너 또한
이름 때문에 그르칠 수도 있으니
이름에 시달리는 이 노인네

너무 무시하지는 말아라

풀이

선생은 평소 자신을 따라다니는 '이름(명예)'을 매우 부담스럽게 여기면서, 바로 그 '이름' 때문에 겪는 고통을 매화와 동병상련하고 있다. 매화 역시 그 꽃이 아름답다는 '이름(소문)'으로 인해 분재나 이식의 괴로움을 당하고 있기 때문이다. 선생은 말한다. "부귀는 공중에 떠 있는 연기나 다름없고, 명예는 이리저리 날아다니는 파리와도 같다." 명예는 그렇게 파리처럼 사람을 여러모로 신경쓰게 만들고 괴롭힌다.

'이름(명예)'은 사람들의 삶을 오도하는 요인들 가운데 하나다. 많은 사람들은 대통령에서부터 초등학교 반장에 이르기까지 크고 작은 '이름'들을 얻으려 애쓰고, 심지어 사기와 술수까지도 마다하지 않는다. 하지만 들리지도 않는 대중의 박수소리에 현혹 도취되는 것이 얼마나 환각적인가. 명예욕은 오히려 자신의 내면을 아름답게 가꾸려는 노력을 소홀히 하게 만든다. 많은 경우 당사자의 '이름'에 비해 그의 실제 면모가 미치지 못하는 것도 이 때문이다. 그러므로 '이름'을 뒤쫓을 일이 아니다. 선생의 시를 한 편 읽어보자. '이름을 멀리하면서' 오로지 자기 삶의 경작(수양)에만 정성을 다하려는 그 뜻은 오늘날 귀농인들의 마음을 일면 대변하는 것 같다.

남새밭 손수 갈아 봄나물 심었더니

고운 잎 붉은 싹이 비를 만나 탐스럽구나

한음(漢陰)노인 부지런을 본받지 않아도

이름을 멀리하니 가난도 족하다오

手開幽圃種春苗 嫩葉丹荑得雨饒

不待漢陰勤抱甕 逃名猶足慰簞瓢

여기에서 '한음(漢陰)'노인은 『장자』에 나오는 인물이다. 한음 땅의 한 노인이 물동이로 우물물을 힘들게 퍼올려 밭을 경작하였다. 혹자가 편리한 도르래를 이용할 것을 권유하였으나 그는 이를 거부하였다. 기구(기계)에 대한 관심은 교묘한 심술과 얄팍한 요령만 조장하여 사람의 순박한 마음을 타락시킨다는 이유에서였다. 오늘날의 기계문명까지도 겨냥하는 우화다.

홍매, 2011

매화를 대신하여 답한다 [代梅花答]

나는야 속세에서 외로운 산을 추억하고
그대는 객지에서 산림생활을 꿈꾸니
서로 만나 웃음 짓는 것도 하늘이 맺어준 인연
학과 함께 살지 않아도 서운하지 않으리다

我從官圃憶孤山
君夢雲溪客枕間
一笑相逢天所借
不須仙鶴共柴關

나는 속세에서 외로운 산을 그리워하고
그대는 객지에서 산속에 들어가 살기를 꿈꾸니
서로 만나 웃음 짓는 것도 하늘이 맺어준 인연이지
학과 함께 살지 않아도 서운하지 않으리

풀이

지금까지 우리는 바깥 사물에 대해, "나는 나고 그것은 그것"이라는 식의 자타분별적인 사고를 당연시해왔다. 하지만 이제 그러한 인식태도를 근본적으로 바꾸어 보자. 나와 사물이 서로 다른 모습으로 잠시 머무르고 있는 '객지'의 세상을 떠나, 다 같이 죽어서 함께 돌아갈 만물의 '고향(근원)'에서 사물을 만나보자. 매화뿐만 아니라 풀 한 포기, 벌레 한 마리조차 '그것'이 아니라 '너'로 다가오면서 다정한 눈빛으로 서로 대화를 나눌 수 있지 않을까?

도산의 매화를 찾아가다 [陶山訪梅]

옥빛을 띤 산중의 두 신선에게 묻노니
어이하여 백화만발한 이 봄까지 머물러 있는가
양양(襄陽)의 관사에서 만날 적과는 다르게
추위를 떨치고 한 번 웃으며 내 앞에 다가오는구나

爲問山中兩玉仙
留春何到百花天
相逢不似襄陽館
一笑凌寒向我前

옥빛을 띤 산중의 두 신선이여,
어이하여 백화만발한 이 봄까지 머물러 있는가?
양양(襄陽)의 관사에서 만날 적과는 다르게
추위를 떨치고 한 번 웃으며 내 앞에 다가오는구나

풀이

선생이 상경하던 중 객지(양양)의 매화 앞에서 쓸쓸한 회포를 읊었던 앞의 시 「21일 우연히 짓다」와 달리, 여기에서는 고향(도산)에 돌아와 매화와 대화를 나누고 있다. 역시 객지의 삶은 외로우며, 고향은 마음을 넉넉하게 해준다. 더 나아가 선생은 물리적인 공간을 넘어 만물의 근원처로 귀향하여 매화를 대면하고 있다.

매화를 대신하여 답하다 [代梅花答]

나는 임포(林逋)가 변신한 신선이요
그대는 하늘로 오른 신선이 변신하여 요동땅으로 내려온 학
서로 만나 웃는 것도 하늘이 들어준 거니
양양의 옛 일로 비교하려 하지 마오

我是逋仙換骨仙
君如歸鶴下遼天
相看一笑天應許
莫把襄陽較後前

나는 임포(林逋)가 변신한 신선이요,
그대는 하늘의 신선이 변신하여 요동 땅으로 내려온 학이라네
서로 만나 웃는 것도 하늘이 들어준 것이니
양양의 옛 일로 비교하려 하지 마오

풀이

옛날 요동땅의 정령위(丁令威)라는 사람이 도술을 배워 신선이

되어 하늘로 날아갔다가, 뒷날 학으로 변신하여 요동땅으로 되돌아 내려왔다고 한다. 선생은 도산의 매화 앞에서 자신이 그러한 학이 된 것 같은 착각을 갖는다. 선생과 매화와 학이 그렇게 삼위일체의 신선이 되어 이야기를 나눈다. 그렇다고 해서 선생이 세상에 무관심한 채 신선놀음이나 하려 했던 것은 아니다. 선생에게 도산은 매화의 정신으로, 또는 진리와 도덕의 '도술'로 사람들을 일깨워줄 도량이었다.

융경(隆慶) 정묘년(丁卯年) 답청일(踏靑日)에 병석에서 일어나 혼자서 도산서당에 가보니 진달래와 살구꽃이 여기저기 피어 있다. 창문 앞에는 작은 매화 한 그루가 꽃을 피웠는데 마치 옥빛과도 같은 눈이 가지에 동글동글 맺혀 있는 것 같다. 그 모습이 너무 사랑스러워 시를 두 편 짓는다. [隆慶丁卯踏靑日 病起 獨出陶山 鵑杏亂發 窓前小梅一樹 皓如玉雪團枝 絶可愛也]

(1)

서당에 가보지도 못하고 해가 바뀌었는데
산골엔 주인 없어도 봄이 절로 왔구나
온갖 붉은 꽃들이 나를 반겨 마음이 흥겹더니
한 그루 어여쁜 흰 매화에 더더욱 정이 간다
병석에서 일어나니 꽃시절이 너무나 좋아
시 한 수를 읊조리니 한낮의 바람이 상쾌하다
강가의 누각에 한가하게 올라 앉아
하늘 우러르고 땅을 굽어보니 감흥이 이는구나

不到陶山歲已更
山巖無主自春明

千紅喜我初乘興
一白憐君晚有情
病起尙耽芳節好
吟餘更覺午風輕
悠然又向江臺坐
俯仰乾坤感慨生

도산서당에 가보지도 못하고 해가 바뀌었는데
산골엔 주인 없어도 봄이 절로 찾아왔다
온갖 붉은 꽃들이 나를 반겨 마음이 흥겨웠는데
유독 한 그루 어여쁜 흰 매화에 더더욱 마음이 쏠린다
병석에서 일어나니 꽃 피는 시절이 너무 좋구나
시 한 수 읊조리니 한낮의 바람이 더욱 상쾌하다
강가의 누각에 홀로 한가하게 올라 앉아
하늘 우러르고 땅을 굽어보니 감흥이 절로 이는구나

풀이

선생은 도산서당 앞 강가의 누각 위에 올라 어떤 감흥을 가졌을까? 난만하게 피어 있는 온갖 꽃들에 취하여 술 한 잔을 생각했을까? 병석에서 일어났으니 모처럼의 술도 맛이 있었을 것이다. 이어 하늘과 땅 사이의 짧은 인생을 상념하면서, 모든 화려한 것들을 다 털어내

버리고 매화처럼 '옥빛 같은 눈꽃'의 정신으로 살리라 다짐했을 것으로 보인다.

융경(隆慶)은 명나라 목종(穆宗)의 연호요, 정묘년은 1567년이다. 선생의 나이 67세 때다. 답청일은 일정하지는 않으나, 대체로 음력 2월과 3월 사이 봄나들이를 하기 좋은 날을 말한다.

(2)

아름다운 꽃 경치에 해는 더디 지는데
눈에 가득한 봄빛도 이제 저물어간다
도(陶) 선생은 술 끊더니 다시 술을 생각하고
두(杜) 노인은 시가 싫다 하더니 시를 또 읊었지
땅에는 갖가지 초목들이 깔려 푸른 방석을 이루었고
온 산엔 난발한 꽃들이 덮여 붉은 담요를 펼쳤구나
한 평생 화려한 일이 그토록 싫었는데
옥빛 같은 눈꽃의 매화가지가 이를 깨끗이 쓸어준다

雲物芳姸麗景遲
韶華滿眼暮春時
陶公止酒還思酒
杜老懲詩更詠詩
蓋地翠茵千卉亂
漫山紅罽萬花披

平生苦厭紛華事
壓掃全憑玉雪枝

꽃이 아름다워 해가 더디 지는 날
눈에 가득한 봄빛도 이제 저물어간다

도(陶) 선생은 술을 끊더니 다시 술을 생각하고
두(杜) 노인은 시가 싫다더니 또 시를 읊었지

땅에는 풀과 나무들이 깔려 푸른 방석을 이루었고
온 산엔 난만한 꽃들이 덮여 붉은 담요를 펼쳤구나

한평생 화려한 일이 그토록 싫었는데
옥 같은 눈꽃의 매화가지가 이를 깨끗이 쓸어주는구나

풀이

도연명(陶淵明)의 「술을 끊다(止酒)」라는 긴 시에 다음과 같은 구절이 있다. "평생토록 술을 끊지 못하니 / 술을 끊으면 기쁠 일이 없어라 / 저녁술을 끊자니 잠이 안 오고 / 새벽술을 끊자니 기동할 수가 없구나 / 날마다 끊으려 하지만 / 끊으면 몸을 가누지 못한다."
두보(杜甫)의 시에 다음과 같은 구절이 있다. "약봉지가 마음에 걸려

시 짓는 일을 그만두었더니 / 꽃가지가 눈에 띄자 다시 시구가 떠오른다" 여기에서 '약봉지' 운운한 것은 두보가 병으로 요양 중임을 암시하는 것 같다.

달빛 매화37-청매, 2012

다시 도산의 매화를 찾아가다 [再訪陶山梅]

(1)

매화를 내 손으로 심은 지 지금 몇 해던가

작은 창문 앞에서 바람과 안개 맞으며 맑고 깨끗하여라

어제부터 눈꽃 향기가 공기 중에 퍼지니

온갖 꽃들 모두 다 기가 꺾였구나

手種寒梅今幾年

風烟蕭灑小窓前

昨來香雪初驚動

回首羣芳盡索然

매화를 내 손으로 심은 지 지금 몇 해던가?

작은 창문 앞에서 바람과 안개 맞으며 맑고 깨끗하다

어제부터 눈꽃 향기가 공기 중에 퍼지니

온갖 꽃들 모두 다 기가 꺾인 듯하구나

풀이

선생의 마음에는 여전히 맑고 깨끗한 매화의 정신만 들어온다. 복사꽃이나 오얏꽃 등 화사한 것들은 안중에 없다. 물론 이는 매화와의 대비 속에서만 그러한 것이었다. 선생은 저 꽃들 자체의 아름다움에 감동하여 여러 편의 시를 짓기도 하였다.

(2)

남녘의 벗님이 보내주어 심었는데
골짜기와 시내의 가랑비 속에 맑고 순결한 모습을 띠었구나
복사꽃 오얏꽃과 함께 핀들 아무려면 어떠리오
옥 같은 뼈에 얼음 같은 넋은 또 다른 봄의 세계이려니

南國移根荷故人
溪山烟雨占淸眞
何妨桃李同時節
玉骨氷魂別樣春

남녘의 친구가 매화를 보내주어 심었는데
골짜기 가랑비 속에 맑고 순결하구나
복사꽃 자두꽃과 함께 핀들 어떠리
옥 같은 뼈에 얼음 같은 넋은 또 다른 봄의 세계이려니

풀이

'옥 같은 뼈에 얼음 같은 넋[玉骨氷魂]'은 눈 쌓인 매화가지의 맑은 옥과도 같은 모습과, 그 사이사이에 피어 있는 꽃의 차가운 빛을 형용한 것이다. 옛 시인들은 선비의 마른 용모와 맑은 영혼을 이와 같이 은유하기도 하였다. 온통 흰색의 두루마기와 바지저고리를 입은 선비의 정갈한 모습과 단아한 행동거지를 상상해 보자. 선생은 임금에게 올린 글에서 말한다. "의관을 바르게 갖추고 시선을 똑바로 하며 마음을 고요히 가라앉혀 상제를 우러르듯 하라."(『성학십도』) 하지만 이제 복사꽃과 오얏꽃만 숭상되는 이 시절에 매화와 같은 '옥골빙혼(玉骨氷魂)'은 찾아보기 어렵게 되고 말았다.

(3)

옥구슬 같은 낱낱의 꽃들이 못 견디게 어여쁘니
참으로 강한 그 앞에서 철석 같은 심장을 자랑마라
수염을 꼬며 종일토록 혼자서 감상하니
오묘한 그 세계는 온백설자(溫伯雪子)를 만난 듯하구나

箇箇瓊葩抵死姸
眞剛休詫鐵腸堅
撚鬚終日孤吟賞
妙處如逢雪子然

옥구슬 같은 낱낱의 꽃들이 못 견디게 어여쁘니
참으로 강한 그 앞에서 철석 같은 심장을 자랑마라
수염을 꼬며 종일토록 혼자서 감상하니
오묘한 그 세계는 온백설자(溫伯雪子)를 만난 듯하구나

풀이

'온백설자(溫伯雪子)'는 『장자』에 나오는 인물이다. "온백설자가 제(齊)나라에 가는 도중에 노(魯)나라에 묵었는데, 공자(孔子)가 그를 만나서는 한 마디도 대화를 나누지 않았다. 자로(子路)가 물었다. '선생님이 오래전부터 온백설자를 만나보고 싶어 하셨는데, 이제 그를 보고서 아무 말씀도 않으신 것은 어째서입니까?' 공자가 대답하였다. '처음 보는 순간 그가 도인(道人)이라는 것을 알았으니 더 이상 말할 게 없었다.'"(『장자』) 매화 앞에 오래도록 서서 수염을 꼬면서 말없이 교감하는 선생의 모습이 눈에 선하다. '철석심장'에 대해서는 이 시집의 「매화를 심다」를 참조.

(4)

천년 전 고산(孤山)에서 전생의 인연이 있었던가
그윽한 향기와 성긴 그림자의 노래를 사람들이 다투어 전한다
오늘날 세상은 옛날 같지 않지만
그러한 풍류를 어찌 차마 버릴 수 있을까

千載孤山有宿緣
高吟香影世爭傳
只今人境雖非舊
那忍風流墮杳然

천년 전 고산(孤山)에서 전생의 인연이 있었던가
그윽한 향기와 성긴 그림자의 노래를 사람들이 다투어 전한다
오늘날 세상은 옛날 같지 않지만
그러한 풍류를 어찌 차마 버릴 수 있을까

풀이

서호(西湖)의 고산(孤山)에서 살았던 임포(林逋)의 노래를 다시 한 번 들어보자. "매화가지의 성긴 그림자는 맑은 물에 비스듬히 드리우고 / 그윽한 향기는 황혼의 달빛 아래 떠다닌다." 천지의 개벽이라 할 만큼 변해버린 오늘날 사람들은 부귀영화의 실리만 좇느라 안타깝게도 이러한 풍류를 잊어버린 지 이미 오래다.

(5)

메마른 옥 차가운 구슬에 흰 눈의 운치와 자태라

곤궁한 시인의 은둔생활을 너와 함께 하리라
막역한 우리 사이 나누는 마음이 난초향기 같으니
임포(林逋)의 흰나비가 알아챘다 말하지 말라

玉瘦瓊寒雪韻資
詩窮霞癖野心期
相從莫逆如蘭臭
不道逋仙粉蝶知

메마른 옥,
차가운 구슬,
흰 눈의 운치와 자태를 지닌 매화여,
곤궁한 시인은 너와 함께
숨어 사는 게 좋구나
막역한 우리가 나누는 마음이
마치 난초향기와도 같으니
임포(林逋)의 흰나비도 눈치채지 못하겠지?

풀이

중국 당나라의 구양수(歐陽脩)는 말한다. "세상 사람들은 '시인들 가운데 궁핍한 자가 많다'고 말들 한다. 하지만 시가 사람을 궁핍하게 만드는 것이 아니다. 궁핍해야만 뛰어난 시가 나올 것이다." 시뿐만 이 아니다. 사람은 각종의 아픔을 겪으면서 지혜와 지모를 얻는다. 그러므로 궁핍한 환경을 원망하거나 좌절하지 말고, 그것을 성장과 발전의 자극제로 적극 받아들일 필요가 있다. 매화의 운치와 자태도 한겨울의 추위를 이겨 생명을 굳게 지켜낸 산물이다. 마찬가지로 매화와 같이 맑고 순결한 삶의 정신도 궁핍한 환경 속에서 꽃필 것이다. 부귀영화는 사람의 마음을 해이하고 어지럽고 흐리게 만든다.

'난초향기 같은 사이'란 『주역』의 글을 인용한 것이다. "두 사람의 마음이 서로 맞으면 그 날카로움이 쇠라도 끊을 수 있고, 서로 마음이 맞는 이야기는 그 향기가 난초와도 같다. [二人同心 其利斷金 同心之言 其臭如蘭]"

'임포의 흰나비' 운운은 나비가 알아채지 않도록 선생이 매화와 은밀히 사귀려는 뜻을 말한 것이다. 임포의 시에 다음과 같은 구절이 있다. "겨울새가 먼저 내려와 꽃소식을 엿보려 하니 / 흰나비가 이를 안다면 가슴이 무너지리라."

(6)

해 저물자 봄바람이 미친 듯이 불어대어
화사한 꽃잎들이 이리저리 흩날린다
정녕코 봄의 신에게 부탁 말을 하노라
바람의 신에게 옥골(玉骨)의 신선을 흔들지 말게 하라

日暮東風太放顚
浮紅浪蘂摠翻翩
丁寧爲報東君道
莫使封姨撼玉仙

해 저물자 봄바람 미친 듯 불어대어
화사한 꽃잎들이 이리저리 흩날린다
정녕코 봄의 신에게 부탁하노라
바람의 신에게 옥골(玉骨)의 신선을 흔들지 말게 하라

풀이

선생은 봄바람 속에 흩날리는 화사한 꽃잎들을 보면서, 부귀영화를 찾아 이리저리 흩어지는 사람들의 모습을 상념하지 않았을까? '옥골빙혼(의 신선)'이야 부귀영화의 바람에 흔들릴까마는, 그래도 그를 시험에 들게 하지 않았으면 하는 바람은 어쩔 수 없을 것이다.

(7)

꽃송이가 하나만 등졌어도 의아한데
어찌하여 매달려서 거꾸로만 피었는가
그 덕분에 꽃 아래에서 바라보니

고개 들면 하나같이 제 속을 보여주네

一花纔背尙堪猜
胡奈垂垂盡倒開
賴是我從花下看
昂頭一一見心來

꽃송이가 하나만 등졌어도 이상한데
어찌하여 매달려서 거꾸로만 피었나?
그 덕분에 꽃 아래에서 고개 들어 바라보니
하나같이 제 속을 열어 보여주네

풀이

매화는 남들에게 제 속을 보여주고 싶지 않아서 거꾸로 매달려 피었을 텐데, 선생은 짓궂게 고개를 거꾸로 들어 바라본다. 여러분들도 얼굴 붉힌 매화의 마음속으로 들어가 「매화가 답한다」는 시를 한 번 지어 보시라.

선생은 이 시에 다음과 같이 덧붙이고 있다.

"내가 전에 남녘의 친구에게서 중엽매(重葉梅·꽃잎이 여러 겹을 포개진 매화의 일종)를 얻었는데, 매달린 꽃들이 모두 하나같이 거꾸로 땅을 향해 드리워 있어서 옆에서 바라보면 화심(花心·꽃술)이 보이지 않았다. 나무 밑에서 얼굴을 들고 바라보아야 그것을 하나하나 볼 수 있으니, 동글동글하니 예뻤다."

(8)

병든 뒤로 술잔과 멀어진 지 오래더니
오늘은 매화 옆에 술 한 병을 준비한다
들새야 다정하게 울려 하지 말아라
맑은 밤에 마고선녀(麻姑仙女)를 기다리려 하노라

病來杯勺久成疎
此日梅邊置一壺
野鳥不須啼更款
淸宵將擬待麻姑

병든 뒤로 술잔과 멀어진 지 오래인데
오늘은 매화 옆에 술 한 병을 준비한다
들에 우는 새야,
너무 다정하게 울려고 하지 말아라
맑은 밤에 마고선녀(麻姑仙女)를 기다리려 하느니

풀이

매화 옆에서 들새소리도 들으면서 혼자 즐기는 술맛은 어떠할까? 하마 매화와 이야기도 나누면서 한잔 건넬 법도 하다. 점점 선경(仙境)에 빠져든다. 게다가 선녀가 옆에 있으면 음양이 서로 어울리겠다. '마고(麻姑)'는 여자 신선의 이름이다. 소동파의 시에 다음 구절이 있다. "마고가 방문하여 급히 집안청소를 하니 / 새들이 노래하고 춤추며 매화도 말을 거네"

폭포눈 언제나 곧다, 2007

김신중(金愼仲)의 매화시에 화답한다 [奉酬金愼仲詠梅]

(1)

속세를 벗어난 막고야산(藐姑射山)의 신선 모습을 안다면
꽃 피는 시기가 이르다 더디다 따지지 말라
울긋불긋한 천만 송이 꽃들이 모두 제 빛을 잃었으니
놀랍게도 작은 동산 두세 가지 핀 매화로 인해

但知姑射出塵姿
莫把芳辰較早遲
萬紫千紅渾失色
小園驚動兩三枝

속세를 벗어난 막고야산(藐姑射山)의 신선 모습을 안다면
꽃 피는 시기가 이르다 더디다 따지지 말라
울긋불긋한 천만 송이 꽃들이 모두 제 빛을 잃었다
놀랍게도 작은 동산에 두세 가지 핀 매화 때문이다!

산야를 울긋불긋 뒤덮은 천만 송이 꽃들의 빛을 잃게 만드는 몇 가지 매화의 아름다움은 대체 어느 차원의 것일까? 따뜻한 봄철 진달래꽃이나 복사꽃의 화려함(화려미)이 쉽게 싫증이 나는데 반해, 한겨울의 추위를 딛고 핀 매화의 숭고함(숭고미)은 어떤 정신을 담고 있는 것처럼 보여서일까? 이를 외형미와 내재미의 차이로 말할 수도 있을 것이다. 그러면 오늘날 사람들이 가꾸려는 아름다움은 어느 유형의 것일까?

『장자』에 다음과 같은 글이 나온다.

"막고야산(藐姑射山)에 신선이 살고 있는데 피부는 마치 눈처럼 희고, 아름답기는 처녀와도 같았다. 오곡을 먹지 않고, 바람을 마시고, 이슬을 먹고, 구름을 타고, 용을 몰면서 이 세상 밖에서 살았다." 선생은 매화에서 이를 상상하고 있다.

(2)

천상의 고운 꽃이요 옥빛의 눈송이 같은 모습이니
늦은 봄 길고 긴 햇빛이 문제될 게 무엇인가
차가운 아름다움은 더욱더 숭고하니
찬 서리와 얼어붙은 가지에만 피어야 하는 것은 아니라네

婥約天葩玉雪姿
何妨春晚景遲遲
細看冷艷彌貞厲

不必淸霜凍樹枝

하늘에서 내려온 고운 꽃이요
옥빛의 눈송이 같은 매화의 자태
늦은 봄 길고 긴 햇빛이 문제될 게 무엇인가
차가운 아름다움은 더욱더 숭고하니
찬 서리와 얼어붙은 가지에만 피어야 하는 것은 아니라네

풀이

인간세상으로 따지면 고결한 정신은 모든 게 얼어붙은 난세에만 돋보이는 것이 아니다. 그의 아름다운 삶의 향기는 어느 시절에나 사람들을 감동(감화)시킨다. 인류의 스승으로 추앙받는 성인, 현자들이 이를 무언으로 증언한다.

(3)
은둔생활 형님은 매화 생각이 간절한데
시냇가의 동생은 꽃을 보며 홀로 서성이네
나에게 시를 보내 매화의 흥취를 돋구고는
벗을 그리워하는 마음까지 함께 불러일으키네

棲遯難兄苦憶梅
溪居難弟獨徘徊
寄詩撩我吟梅興
更與懷人一倂催

숨어 사는 형님은 매화 생각 간절한데
시냇가의 동생은 꽃 보며 홀로 서성이네
나에게 시를 보내 매화의 흥취 돋아 놓고는
친구를 그리워하는 마음까지 함께 불러일으키네

풀이

당시 김신중의 형제는 다 같이 은둔생활을 하고 있었고, 둘 다 매화를 좋아했던 것 같다. 다만 형님과 떨어져 살아 함께 감상할 수 없자 그가 「매화시」에서 아쉬움을 토로하였고, 선생은 이를 위의 시로 화답하였다. 세 사람의 은둔자들이 매화를 매개로 하여 서로 그리워하는 모습을 보여준다. 여기에서 '벗'은 김신중을 가리킨다. 선생은 제자들 앞에서 스승으로 나서지 않고, 항상 벗으로 자처하였다.

(4)

맑게 여위어 격조 높은 매화

얼음과 서리에 고초를 겪었구나
내 일찍이 「삼첩곡(三疊曲)」에 화답했지만
심으려면 백 그루도 모자라겠지
그 이름 어쩌다가 악곡명(樂曲名)에 들어갔지만
고매한 선비집에 더 잘 어울리리라
더구나 사람을 싫증나게 만드는 것은
화려하게 핀 장미와 작약

韻格淸癯甚
冰霜慘刻餘
和曾三疊曆
栽尙百株疎
偶入小羌笛
偏宜高士廬
令人益生厭
薇藥欲紛如

맑게 여위어 격조 높은 매화
얼음과 서리에 고초를 겪었구나
내 일찍이 「삼첩곡(三疊曲)」에 화답했지만
심으려면 백 그루도 모자라겠지
그 이름 어쩌다가 악곡명(樂曲名)에 들어갔지만

고매한 선비의 집에 더 잘 어울리리라
더구나 사람을 빨리 싫증나게 만드는 것은
화려하게 핀 장미와 작약

풀이

「삼첩곡」은 소동파(蘇東坡)가 지은 매화시 세 편을 말한다. 주희(朱熹)는 이 시들을 차운하여 역시 세 편의 시를 지었다. 선생은 위의 시에 다음과 같이 덧붙이고 있다. "(두 선생의 여섯 편의 시에) 편마다 신선의 풍모와 도인의 운치가 배어 있어 읊조릴 때마다 구름 위를 훨훨 나는 기상을 느끼게 해준다. (중략) 매우 외람되게 나도 지난날 망호당(望湖堂)의 매화를 두고 두 번, 도산의 매화를 두고 한 번 화답한 적이 있다."
이어 선생은 중국의 몇몇 문인들이 집에 몇 백 그루의 매화를 심었던 고사를 인용하면서 다음과 같이 말한다. "나는 도산의 집에 심은 매화가 겨우 십여 그루인데, 앞으로는 점점 늘려서 백 그루까지 심을 생각이다."
옛날 어떤 사람이 〈낙매곡(落梅曲)〉이라는 피리의 곡조를 지었다고 한다. 이백의 시에 다음과 같은 구절이 있다. "피리를 비스듬히 〈아타회(阿鞞廻)〉를 불고 / 달을 보며 누각에서 〈낙매곡〉을 부는구나."
〈아타회〉란 곡조이름이다.

'매화꽃이 떨어지다'는 김신중(金愼仲)의 시를 차운하다 [次韻金愼仲落梅]

작별할 적에는 매화가 막 질 즈음이었는데

다시 와 보니 내 다시 늦었네

얼음을 새긴 듯 땅에 떨어진 모습이 가련하고

바람에 흔들리는 빈 나뭇가지가 안쓰럽다

묘한 운치를 여운으로 가득 남기면서

외로운 격조가 그대의 시에 완연하여라

열매를 맺어도 실하지 않다면

음식의 간맞춤을 어찌 크게 기대할까

別去梅初落

重來我復遲

剪冰憐委地

飄玉恨空枝

妙韻森餘想

孤風宛在詩

子成如未實

和鼎詎深期

그대와 작별할 적에는 매화가 막 질 때였는데
오늘 다시 찾았으나 또 늦고 말았네
얼음을 새긴 듯 땅에 떨어진 모습이 가련하고
바람에 흔들리는 빈 나뭇가지가 안쓰럽다네
묘한 운치를 여운으로 가득 남기면서
외로운 격조가 그대의 시에 완연하였으면 하네
열매를 맺어도 실하지 않다면
음식의 간맞춤을 어찌 크게 기대하겠는가

풀이

지금도 그러하지만 예부터 매실은 음식의 간을 맞추는 재료로 쓰였다. 이에 입각하여 선비들은 매실을, 세상을 조화롭게 다스릴 정치적인 역량의 은유로 삼았다. 당시 조정은 선생에게 높은 벼슬을 내렸는데, 아마도 김신중이 이를 축하했던 것으로 보인다. 하지만 선생은 자신의 '매실'이 실하지 못하여 '음식의 간'을 맞추는 데 적절하지 못함을 이유로 벼슬을 사양하였다. 나의 '매실'은 어떤가? 공자의 말을 새겨 보자. "싹만 났지 꽃을 못 피우는 자도 있고, 꽃만 피웠지 열매를 맺지 못하는 자도 있구나."

김돈서(金惇敍)의 매화시를 차운하다 [次韻金惇敍梅花]

내 벗이 다섯이니 소나무 국화 매화 대나무 연꽃

담담한 사귐이 질리지 않는구나

매군(梅君)이 특히나 나를 좋아해서

모임에 초대하니 두말없이 왔어라

나 또한 그리운 마음을 잊지 못해

새벽이고 저녁이고 몇 번이나 찾았던가

안개를 띠어서는 차갑고 적막한데

호수 곁에선 맑고도 담담하다

화사한 온갖 꽃들이 넘쳐나는 속에서

맑고 순결한 모습이 더욱 드러나 보인다

술잔 속의 달을 마시는 자리에 나설 망정

꽃을 파는 지게 위에 오르려 할까

은밀한 우정을 시로 읊으니

야광주(夜光珠)가 어둠 속에 빛나듯 하여라

정신이 서로를 밝게 비추는 그 세계를

세속의 사람들은 엿보기가 어려우리라

我友五節君

交情不厭淡
梅君特好我
邀社不待三
使我思不禁
晨夕幾來探
帶烟寒漠漠
傍湖淸澹澹
粲然百花間
益見眞與濫
自臨吸月杯
肯上賞春擔
吟詩託密契
夜光非投暗
精神炯相照
俗物難窺瞰

내 벗이 다섯이니
소나무, 국화, 매화, 대나무, 연꽃이라
이들하고 담담하게 사귀는 일 질리지 않지
매군(梅君)이 특히나 나를 좋아해서
모임에 초대하니 두말없이 왔었지
나 또한 그리운 마음 잊지 못해

새벽이고 저녁이고 몇 번이나 그를 찾아갔지
안개를 머금으면 차갑고 적막한데
연못가에서는 맑고도 담담하지
화사한 온갖 꽃들 넘쳐나는 날
맑고 순결한 그 모습이 더욱 도드라져 보이지
술잔 속의 달을 마시는 자리에 나설망정
꽃을 파는 지게 위에 오르려 할까
은밀한 우정을 시로 읊으니
야광주(夜光珠)가 어둠 속에 빛나듯 하네
정신이 서로를 밝게 비추는 그 세계를
세속의 사람들은 분명 엿보기가 어려우리

풀이

모든 사람들이 제 삶의 지게 위에 화려한 꽃들만 올려놓고 홍정을 벌이는 부박한 세상이다. 사람들은 순결한 정신, 맑은 영혼의 '야광주'에는 관심을 갖지 않는다. 그러하니 매화와 서로를 밝게 비추는 은밀한 우정의 세계를 어떻게 엿볼 수 있겠는가. 적막한 밤중 달빛 아래 번잡한 세상사를 모두 물리치고 한번 고요히 앉아 있어 보자. 내 안에서 문득 '야광주'의 빛을 자각할 수 있지 않을까? 하지만 불행하게도 그것도 이제는 어렵게 되었다. 우리는 현대문명의 온갖 소음과 휘황한 전기불빛 속에서 호젓한 달을 잊어버린 지 오래되었기 때문이다.

'돈서(惇敍)'는 선생의 제자 김부륜(金富倫·1531-1598)의 자다.

김이정(金而精)이 매화와 대나무 분재 하나를 보내왔기에 감사의 마음으로 짓다 [謝金而精送梅竹一盆]

기수(淇水)의 은자와 서호(西湖)의 은자가
함께 찾아와서 나를 위로해주는구나
이제부터 나그네 생활 속에서
맑고 고고한 그대들과 더불어 노닐리라

淇隱與湖隱
相隨慰我來
從今旅窓裏
淸絶共徘徊

기수(淇水)의 은자 대나무와
서호(西湖)의 은자 매화나무가
함께 찾아와서 나를 위로해주네
이제부터 집 떠난 고독한 시간에는
맑고 고고한 이들과 더불어 노닐어야겠네

풀이

'기수(淇水)의 은자'는 대나무를, '서호(西湖)'의 은자는 매화를 은유한 것이다. 기수는 중국의 강물이름이다. 『시경』에 다음과 같은 시구가 있다. "저 기수의 물가를 바라보니 / 푸른 대나무가 무성하구나 / 아름다운 군자여 / 옥을 자르는[切] 듯 다듬는[磋] 듯 / 쪼개는[琢] 듯 가는[磨] 듯하는구나" 여기에서 "옥을 자르는 듯" 운운한 것은 군자의 부단한 학문과 수행을 비유한 것이다. '절차탁마(切磋琢磨)'라는 말이 여기에서 나왔다.

'이정(而精)'은 선생의 제자 김취려(金就礪·1526-?)의 자다.

기사년(己巳年) 정월 시냇가 집의 작은 매화가 꽃 피었다는 소식을 듣고 감회를 읊으니, 두 편이다 [己巳正月聞溪堂小梅消息書懷二首]

(1)

듣자하니 시냇가 집 작은 매화나무에
섣달 전 꽃망울들이 가지가지 맺혔다지
이 늙은이가 갈 때까지 향기를 간직하여
봄추위로 일찍부터 얼굴이 상하지 말았으면

聞說溪堂少梅樹
臘前蓓蕾滿枝間
留芳可待溪翁去
莫被春寒早損顏

듣자하니
시냇가 우리 집 매화나무 가지마다
초겨울에 꽃망울 다닥다닥 맺혔다지

매화야,

이 늙은이 집으로 돌아갈 때까지
그 향기 간직하고 있어라
이른 추위에 얼굴 상하지 말고 있어라

풀이

"상상은 인간의 실존 전체다."(W. 블레이크) 상상은 잡생각들의 쓸데없는 펼침에 불과한 것이 아니다. 그것은 사람들의 꿈과 소망을 담고 있다. 복권의 당첨이나 미래의 배우자를 상상하는 것이 그 한 예다. 위의 시에서 선생은 기사년(己巳年·1569)에 잠시 한양에 올라와 있으면서 도산의 매화를 머릿속에 그리고 있는데, 거기에는 역시 그의 실존적인 염원이 담겨 있다. 아래의 시를 읽어 보자.

(2)

매화를 손수 심어 외로운 집을 지키게 했는데
올해에는 정원 가득 꽃향기를 피우겠지
집주인이 한양 땅 멀리에서 너를 생각하니
끝없는 맑은 시름이 남몰래 가슴에 맺힌다

手種寒梅護一堂
今年應發滿園香
主人京洛遙相憶

無限淸愁暗結腸

매화를 손수 심어 외로운 집을 지키게 했는데
올해에는 마당 가득 향기를 피우겠지
집주인이 한양 땅 멀리에서 너를 생각하니
끝없는 맑은 시름이 남몰래 가슴에 맺힌다

풀이

매화는 선생의 외로운 실존을 삭막하지 않게 해줄, 향기롭게 꽃피워 줄 정신적 원천이었던 것이다. 그런데 '맑은' 시름이란 대체 어떠한 것일까? 우리는 현실의 이러저러한 이해관계 속에서 갖가지의 시름을 안고 살아간다. 그에 따라 마음이 흐려지고 어지러워지며, 심지어는 우울증에 빠지기도 한다. 하지만 만약 모든 욕망과 사념을 벗어나 세상사를 맑은 영혼으로 대면한다면 문제가 달라질 것이다. 그것은 티 없이 순수한 마음을 조성하면서 시름조차도 맑게 갖도록 해줄 것이다. 공자는 그처럼 맑은 심상을 다음과 같이 예시한다. "즐거워하되 환락에 빠지지 않고, 슬퍼하되 상심에 젖지 않는다. [樂而不淫 哀而不傷]" 그야말로 맑은 즐거움이요 맑은 슬픔이다.

도산의 매화를 생각하며 두 편을 짓는다 [憶陶山梅二首]

(1)

호수 위 서당의 매화 몇 그루

봄을 맞아 우두커니 집주인 오길 기다리겠지

작년 가을 국화철도 이미 놓치고 말았는데

서로 만날 아름다운 기약을 내 어찌하여 저버린단 말인가

湖上山堂幾樹梅

逢春延佇主人來

去年已負黃花節

那忍佳期又負回

호수 위 서당의 매화 몇 그루

봄을 맞아 우두커니 집주인 오길 기다리겠지

작년 가을 국화철도 이미 놓치고 말았는데

서로 만날 아름다운 기약

내 어찌 저버린단 말인가

풀이

국화는 늦가을 서리 속에서 꽃을 피운다는 점에서 매화와 함께 선비들의 많은 사랑을 받았다. 그것은 험난한 사회에서도 강인하고 순수하게 생명을 지키는 정절(貞節)의 상징으로 여겨졌다. 그야말로 "꽃 가운데 은둔자"였다. 선생은 국화와도 벗하면서 서로 문답을 주고받는 시를 여러 편 쓰기도 하였다.

오늘날 사람들에게 국화는 어떤 의미로 다가올까? 서정주의 「국화 옆에서」를 떠올릴까? 아니면 장례식장의 빈소에 올려놓는 흰 국화 한 송이를? 지금 우리는 사물들의 실용성이나 기능에만 마음을 둔 나머지, 정작 그것들이 삶에 주는 의미를 찾는 데에는 무관심하다. 갈수록 허무주의가 팽배해지는 한 가지 이유도 여기에 있을 것이다. 삶의 허무와 충만은 우리가 그 의미를 얼마나 확보하느냐에 달려 있기 때문이다.

(2)

병인년(丙寅年)을 생각하니 바닷가의 신선을 만난 듯 했고
정묘년(丁卯年)엔 나를 맞아 하늘에 오를 것 같았는데
어인 일로 오래도록 서울의 먼지를 뒤집어쓰고서
매군(梅君)과 끊어진 줄을 잇지 못 하는가

丙歲如逢海上仙
丁年迎我似登天

何心久被京塵染
不向梅君續斷絃

병인년(丙寅年)을 생각하니
바닷가의 신선을 만난 듯 했고

정묘년(丁卯年)엔 나를 맞아
하늘에 오를 것 같았는데

어인 일로 오래도록 서울의 먼지를 뒤집어쓰고
매군(梅君)과 끊어진 줄을 잇지 못하고 있는가

풀이

선생은 한양에 잠시 올라와 지내면서 위의 두 시를 지었다. 선생은 병인년(丙寅年·1566)과 정묘년(丁卯年·1567)의 매화구경을 시로 읊은 바 있다. 그 일부는 다음과 같다. "병인년엔 스스로를 요동땅의 학에 비겼으니 / 도산에는 매화가 아직 지지 않았었고 / 정묘년엔 병상에서 일어나 그제서야 꽃을 찾았더니 / 옥빛 가지에 하얀 꽃들 다닥다닥 붙었어라." (「用大成早春見梅韻」)
"끊어진 (거문고) 줄을 잇"는다는 말은 원래, 부인을 잃은 뒤 다시 아내를 얻는다는 전고를 갖는다. 선생이 매화를 아내처럼 여기고 있음을 암암리에 보여주는 대목이다.

달빛 매화28, 2011

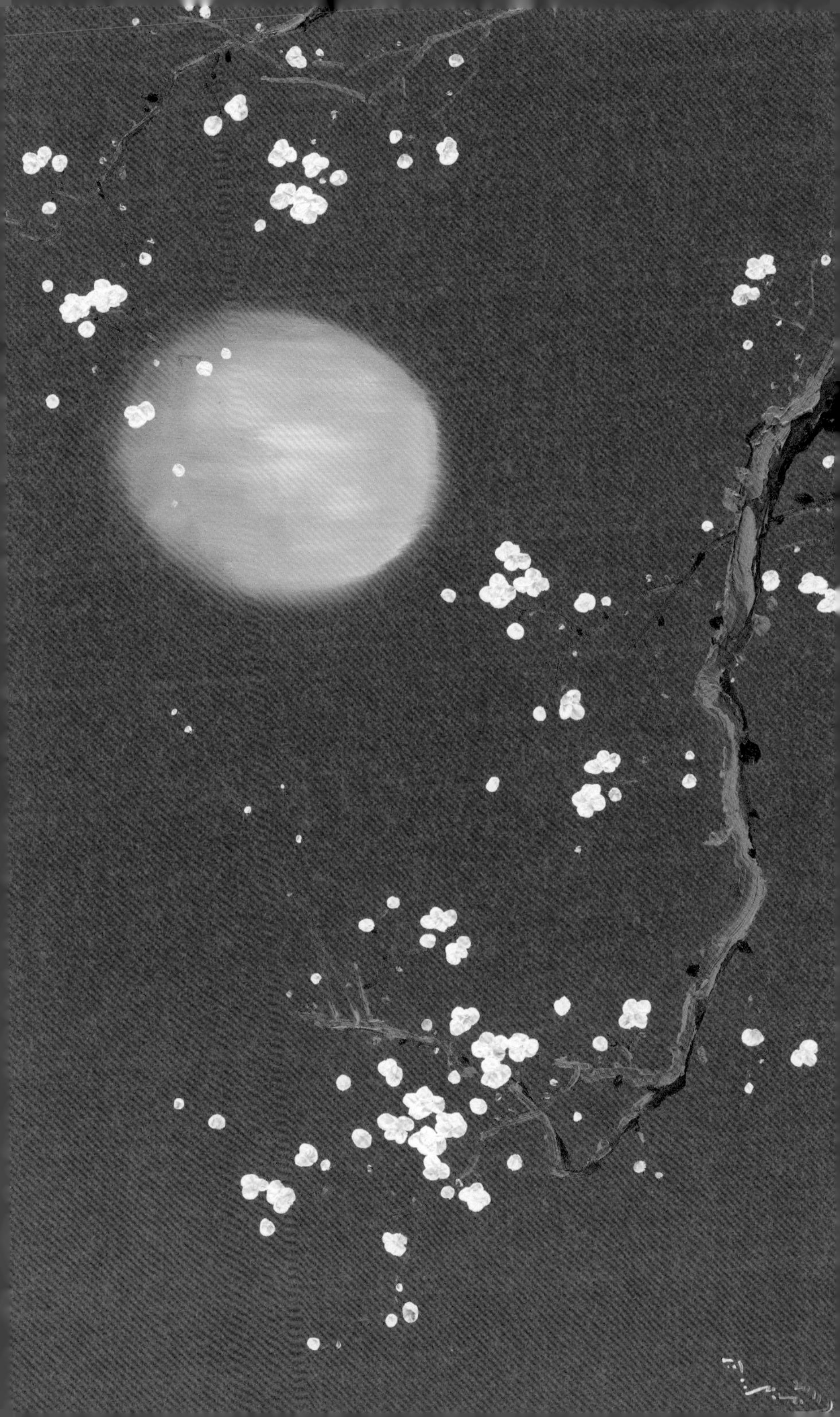

매화 아래에서 이굉중(李宏仲)에게 준다 [梅下贈李宏仲]

산속의 집에서 술을 불러 마시는데
때마침 만났구려 더더구나 마음 맞는 벗을
매화 옆에서 잔을 나누자 매화도 우리에게 술을 권하니
마고(麻姑) 선녀 오라 해서 급히 청소할 것 없다네

喚取山家酒一壺
適然相値更吾徒
梅邊細酌梅相勸
不用麻姑急掃除

산속의 집에서 술을 불러 마시는데
때마침 만났다네, 더더구나 마음 맞는 벗을

매화 옆에서 잔을 나누자
매화도 우리에게 술을 권하네

마고(麻姑)선녀 오라 해서

급히 상 치울 일 없다네

풀이

선생의 시들에는 술을, 그것도 혼자 마시는 이야기가 많이 나온다. 술을 상당히 좋아하였던 모양이다. 게다가 매화와도 권커니 잣거니 했던 것을 보면 '주선(酒仙)'이라 해야 할 지도 모르겠다. 다만 선생의 음주는 좀 고차적이다. 선생은 다음과 같이 읊는다. "술 가운데엔 오묘한 뜻이 있지만 / 사람마다 아는 건 아니지 / 얼근히 취하여 소리질러대는 것 / 그네들의 헷갈림이 바로 이것 아닌가 / 술기운이 훈훈한 그 순간에는 / 천지간에 호연지기 가득 찬다네 / 번뇌도 풀어주고 옹졸함도 깨쳐주니 / 남가일몽 부귀영화를 어찌 이에 비기리오 / 하지만 이 기분도 술을 빌려 얻으니 / 돌이켜 생각하면 부끄러운 일."(「和陶集飮酒 其十八」) '호연지기(浩然之氣)'란 간단히 말하면 부귀영화 등 세속적인 그 어떤 힘에도 굴하지 않는, 당당하고 고고한 기상을 말한다. 선비들은 평생의 수행을 통해 이러한 '호연지기'를 얻고자 하였다. 다만 선생은 그것을 술을 빌려 얻으려는 것에 대해 자괴감을 갖는다.

'굉중(宏仲)'은 선생의 제자 이덕홍(李德弘·1541-1596)의 자다.

한양의 거처에서 분매(盆梅)와 주고받다 [漢城寓舍盆梅贈答]

(1)

고맙게도 매화신선이 쓸쓸한 나를 벗해주니

객창(客窓)이 맑아지고 꿈속의 혼조차 향기롭다

그대를 데리고 고향으로 돌아가지 못하는 것이 아쉽구나

서울의 먼지 속에서 아름다움을 잘 간직하거라

頓荷梅仙伴我凉

客窓蕭灑夢魂香

東歸恨未攜君去

京洛塵中好艶藏

고맙게도 매화신선이 쓸쓸한 나를 벗해주니

객창(客窓)이 맑아지고 꿈속의 영혼조차 향기롭다

그대를 데리고 고향으로 돌아가지 못하는 것이 아쉽구나

서울의 먼지 속에서 아름다움을 잘 간직하거라

풀이

분매를 그윽한 눈빛으로 바라보는 선생의 모습이 눈에 선하다. 세상에 이처럼 내밀하고 다정하게 서로 그리워하는 우정이 또 있을까? 나는 그러한 '벗'을 하나라도 갖고 있을까? 그저 인정만 나누는 것이 아니라, 속세에 물들지 말고 '옥빛의 눈송이와도 같이' 아름답고 맑고 순결한 영혼을 잃지 말도록 서로를 격려하는 사이 말이다. 시대는 크게 떨어졌지만, 선생을 마음의 '벗'으로 사귀어 보면 어떨까?

(2)

분매가 답하다 [盆梅答]

듣자하니 도산의 매화신선도 우리처럼 쓸쓸하다는데
임 오시길 기다려서 하늘향기를 피우겠지요
바라건대 임께서는 마주 대할 때나 헤어져 그리울 때나
옥빛의 눈송이같이 맑고 순결한 정신을 함께 고이 간직해주오

聞說陶仙我輩涼
待公歸去發天香
願公相對相思處
玉雪淸眞共善藏

듣자하니 도산의 매화신선도 우리처럼 쓸쓸하다는데
임 오시길 기다려서 하늘의 향기를 피우겠지요
바라건대 임께서는 마주 대할 때나 헤어져 그리울 때나
옥빛의 눈송이같이 맑고 순결한 정신을 함께 고이 간직해주오

풀이

어느 원예학자의 실험 이야기가 생각난다. 방안에 화초를 두고서 한 사람은 들어올 때마다 화초의 잎사귀를 바늘로 찌르고, 또 다른 사람은 물을 뿌려주었다고 한다. 며칠 뒤 그 화초에 뇌파측정기와 같은 기계장치를 하고서 반응을 살폈더니 전혀 상반된 결과가 나왔다. 그 화초는 자신을 바늘로 찌르는 사람이 방문을 열고 들어오는 순간 바짝 긴장하면서 움츠리는 기색을 드러낸 반면, 물을 뿌려주는 사람이 나타나면 느슨히 긴장을 풀고서 생기를 내더라는 것이다. 이는 사람들끼리 뿐만 아니라 사람이 동물과, 심지어 식물과도 교감이 가능하다는 사실을 과학적으로 일러준다. 그러므로 선생과 매화와의 문답을 터무니없는 상상으로만 돌릴 일은 아니다.

홍매, 2011

늦봄에 도산에 돌아와서 산매화와 주고받다 [季春至陶山山梅贈答]

(1)

매화가 주인에게 주다

임금의 은총과 벼슬의 영광, 명성과 이익이 어찌 임에게 합당하겠소
늙은 나이에 속세로 내달려서 한 해를 넘겼네요
오늘은 다행히도 사직의 허락을 받았구려
더구나 내가 꽃필 봄철에 말입니다

寵榮聲利豈君宜
白首趨塵隔歲思
此日幸蒙天許退
況來當我發春時

임금의 은총과 벼슬의 영광,
명성과 이익이 어찌 임에게 합당하겠소?
늙은 나이에 속세로 내달려서 한 해를 넘겼네요

오늘은 다행히도 사직의 허락을 받았구려
더구나 내가 꽃필 봄철에 말입니다

풀이

매화와 문답을 하는 시들에서 선생이 먼저 묻고 매화가 대답을 하는 것이 일반적이었는데, 여기에서는 매화가 먼저 선생에게 위로의 말을 건네고 있다. 선생의 완전한 귀향을 매화가 반기고 있다. 이는 선생이 세상을 떠나기 1년 전, 선생의 나이 69세 때의 것이다. 드디어 모든 세속적인 일들을 완전히 떨치고서 맑고 순수한 영혼으로 교감하는 재회의 기쁨이 어떠했을까?

(2)
주인이 답하다

음식에 간 맞추려 너를 찾는 것이 아니요
맑은 향기를 몹시도 사랑하여 나도 모르게 읊조린다
내 이제 약속을 지켜 여기 돌아왔으니
좋은 때를 저버렸다고 싫어하지 않겠지

非緣和鼎得君宜
酷愛淸芬自詠思

今我已能來赴約
不應嫌我負明時

음식에 간 맞추려 너를 찾은 것이 아니란다
맑은 향기를 몹시 사랑하여 나도 모르게 읊조린다
내 이제 약속을 지켜 여기 돌아왔으니
좋은 때를 저버렸다고 나를 싫어하진 않겠지?

풀이

매실이 음식의 간을 맞추기 위해 쓰이는 재료임은 이미 말하였다. 선생은 매실의 실리적인 효용성 때문에 매화를 좋아하는 것이 아님을 변명한 것이다. 선생의 평생 학문여정은 부귀공명을 얻기 위한 것이 아니요, 자신의 삶을 매화처럼 맑은 향기로 아름답게 꽃피우려는 노력이었음을 은밀하게 뜻하고 있다.

달빛 매화36-청매, 2012

기명언(奇明彦)이 화답하여 보내온 분매시(盆梅詩)에 차운하다 [次韻奇明彦追和盆梅詩見寄]

사나운 눈보라가 제멋대로 치지만
방안의 맑고 고고한 매화엔 범접을 못하리라
고향산천에 돌아와 누워서도 잊히지 않는구나
참한 신선이 안타깝게도 서울의 먼지 속에 있으니

任他饕虐雪兼風
窓裏淸孤不接鋒
歸臥故山思不歇
仙眞可惜在塵中

밖에서는 사나운 눈보라가 아우성을 치지만
방안의 맑고 고고한 매화엔 범접을 못하리라
고향산천에 돌아와 누워도 잊히지 않는구나
참한 신선이 안타깝게도 서울의 흙먼지 속에 있으니

풀이

이 시는 선생이 한양에 잠시 머무를 당시에 기명언이 선생의 집을 방문하여 분매를 보고 읊은 시를 차운한 것이다. 선생은 그 분매를 한양에 두고 고향으로 돌아왔다.

'명언(明彦)'은 기대승(奇大升·1527–1572)의 자다. 선생과의 사단칠정(四端七情) 논쟁으로 유명하다.

늦봄에 도산서당으로 돌아와 머무르면서 풍경을 읊다 [暮春歸寓陶山精舍記所見]

이른 매화 한창에 늦은 매화가 막 피는데
진달래꽃 살구꽃도 나를 기다려 흐드러진다
열흘 가는 꽃이 없다고 말하지 말라
오래도록 남아서 새로 오는 봄을 만났겠지

早梅方盛晩初開
鵑杏紛紛趁我來
莫道芳菲無十日
長留應得別春回

이른 매화 지고 나니
늦은 매화가 막 피는데

진달래꽃 살구꽃도
나를 기다려 흐드러지는데

열흘 가는 꽃 없다고 말하지 말라

오래도록 남아서
새로 오는 봄을 만났겠지

풀이

선생은 이 시에 다음과 같이 덧붙이고 있다. "이때 산의 서쪽과 북쪽 모두 꽃이 피지 않았는데, 서당의 진달래꽃이 만발하고 살구꽃도 뒤따라서 차례로 피면서 10여 일이 지났는데도 봄의 일거리가 아직 다 하지 않았다고 말을 하는 것 같았다."

도산의 달밤에 매화를 읊으니 여섯 편이다 [陶山月夜詠梅六首]

(1)

밤기운이 차가운데 산집 창문에 홀로 기대어 앉으니

매화가지 끝에 밝은 달이 두둥실 떠오른다

미풍을 불러일으킬 것 없으니

맑은 향기가 저절로 뜨락에 가득하다

獨倚山窓夜色寒

梅梢月上正團團

不須更喚微風至

自有淸香滿院間

밤이 차다

외딴집 창문에 홀로 기대어 앉으니

매화가지 끝에 달이 떠오른다

바람 한 점 없으니

뜰에는 맑은 향기가

저절로 가득하겠구나

풀이

적막한 산중 휘영청 밝은 달빛 아래 눈송이같이 피어 있는 매화를 바라보면서, 은은하게 퍼지는 그 향기를 맡으며 앉아 있다고 상상해 보자. 세상만사 온갖 근심도 기쁨도 모두 잊히고, 마음속 저 깊은 곳에서 한 점 맑은 빛이 향기롭게 떠오를 것 같다.

(2)

산중의 밤은 적막하고 온 세상이 공허한데
흰 매화와 차가운 달이 늙은 신선의 벗이로다
이 가운데 들려오는 앞 시내 여울물 소리
강할 때는 상성(商聲)이요 약해지면 궁성(宮聲)인 듯

山夜寥寥萬境空
白梅凉月伴仙翁
箇中唯有前灘響
揚似爲商抑似宮

산속의 밤은 적막하고

온 세상이 텅 비어 있는 것 같다
흰 매화와 차가운 달이 늙은 신선의 벗이다

이 가운데 들려오는 앞 시내 여울물 소리

강할 때는 상성(商聲)이요
약할 때는 궁성(宮聲)인 듯

풀이

우리의 전통음악은 궁(宮), 상(商), 각(角), 치(徵), 우(羽)의 다섯 가지 음계를 갖고 있다. 이제 선생에게 삶은 더 이상 적막하고 공허하지 않다. 매화와 달과, 그리고 음악과도 같은 여울물 소리가 있기 때문이다. 하지만 이처럼 선선과도 같은 생활은 단순히 저 사물들을 감상하면서 소요음영하는 수준에 불과한 것이 아니었다. 선생은 역시 매화의 정신으로 자신의 삶과 존재를 맑고 순수하게 성취하려 하였으며, 이로써 세상에 기여하기를 염원하였다.

(3)

뜨락을 거닐으니 달이 사람을 따라온다
매화나무 둘레를 몇 번이나 돌았던가
일어날 줄 모르고 밤 깊도록 앉아 있으니

옷에는 향기가 가득하고 몸에는 그림자가 가득하다

步屧中庭月趁人
梅邊行遶幾回巡
夜深坐久渾忘起
香滿衣巾影滿身

뜰을 걷는데 달이 나를 따라온다

매화나무 둘레를 몇 번이나 돌았던가

일어날 줄 모르고 밤 깊도록 앉아 있으니
옷에는 향기 가득
몸에는 그림자 가득

풀이

이처럼 달빛과 꽃과 향기에 동화된 존재의 희열을 어떻게 말로 표현할 수 있을까. 이를 인공감미료와도 같은 부귀영화의 맛과 어떻게 비교할 수 있을까. 자리는 달랐지만, 도연명(陶淵明)은 노래한다. "(전략) 이 가운데 참다운 뜻이 있으니 / 표현하고자 해도 말을 이미 잊었네." (「雜詩」)

(4)

매화 형이 늦게 피니 참된 뜻을 알겠노라

추위를 겁내는 나를 위해 일부러 그러는 듯

어여쁘다, 이 밤이여 병든 몸이 나아서

밤새도록 저 달을 벗할 수 있으리라

晩發梅兄更識眞

故應知我怯寒辰

可憐此夜宜蘇病

能作終宵對月人

우리 매화 형이 늦게 핀 뜻을 알겠어요

추위를 겁내는 나를 위해 일부러 그랬군요

고마워요, 이 밤이여

병든 몸 어서 나아서

밤새도록 저 달과 어울리고 싶군요

풀이

저 '병'을 부귀공명의 병이라고 생각해볼 수는 없을까? 부귀공명이야말로 인간의 맑은 영혼을 흐리게 만드는 병인이기 때문이다. 만약 그로부터 완전히 초탈할 수만 있다면, 매화가 '형'으로, 달도 '벗'으로, 세상만물이 나의 품 안으로 자연스럽게 다가올 것이다.

(5)

재작년엔 이곳 와서 몸에 젖는 향기에 흐뭇했었고
작년에는 병이 나아 또다시 꽃을 찾았어라
이제 와서 서호(西湖)의 빼어난 세계를 버리고서
서울의 흙먼지를 쓰고 어찌 바삐 돌아다닐까

往歲行歸喜裛香
去年病起又尋芳
如今忍把西湖勝
博取東華軟土忙

재작년엔 이곳에 와서 몸에 젖는 향기에 흐뭇했고
작년에는 병이 나아 또 다시 꽃을 찾아왔었지
이제 서호(西湖)의 빼어난 세계를 버리고서
또 서울의 흙먼지를 덮어쓰고 어찌 바삐 돌아다닐까

풀이

하지만 부귀공명의 흙먼지는 서울에만 있는 것이 아니다. 깊은 산중에 있어도 부귀공명을 못 잊으면 그것이 곧 흙먼지의 삶이요, 서울에 살아도 부귀공명에서 초연하면 거기가 바로 '서호'의 선경(仙境)이다.

(6)

늙은 간재(艮齋)의 편지를 받고 회옹(晦翁)이 지은 매화시를
세 번 거듭 읊으면서 부끄러운 마음에 한숨을 짓는다
한 잔 술 권했던 그 뜻을 지금 어떻게 이룰 수 있을까
천년 전의 일을 생각하니 눈물이 가슴에 젖는다

老艮歸來感晦翁
託梅三復嘆羞同
一杯勸汝今何得
千載相思淚點胸

늙은 간재(艮齋)의 편지를 받고
회옹(晦翁)이 지은 매화시를 세 번 거듭 읊으면서
부끄러운 마음에 한숨을 짓는다
한 잔 술 권했던 그 뜻을
지금 어떻게 이룰 수 있을까
천 년 전의 일을 생각하니

눈물이 가슴에 젖는다

풀이

'간재(艮齋)'는 중국 송나라 위섬지(魏掞之)라는 학자의 호이며, '회옹(晦翁)'은 성리학자 주희(朱熹)의 호다. 회옹이 여러 사람들과 함께 매화시를 짓는데 때마침 간재의 편지를 받아보고서는 그를 생각하면서 바로 시를 읊었다고 한다. 그 일부는 다음과 같다. "복사꽃 오얏꽃과 함께 봄빛에 아양을 떠는 일이 부끄러운데 / 아침 햇빛을 해바라기와 다투겠는가 / 한 잔 술을 그대에게 권하는 내 뜻이 가볍지 않으니 / 그대 나와 함께 숲속에서 술동이를 지키기를 바라노라." 여기에서 '봄빛에 아양'은 세태에 대한 아첨을, 그리고 '해바라기와 아침 햇빛 다툼'은 벼슬경쟁을 은유한 것이다. 선생이 위의 시에서 "부끄러운 마음에 한숨" 운운한 것은 자신이 일찍부터 세상사를 잊고서 "숲속에서 술동이를 지키"며 은둔 자족하지 못했던 과거를 염두에 둔 말처럼 들린다.

김언우(金彦遇)의 시에 화답하니 두 편이다 [和金彦遇二首]

(1)

봄을 붙들어놓고 매화신선과의 만남을 기다렸더니
눈꽃 같은 모습과 맑은 향기가 한없이 오묘하다
후조(後凋)에게 이르노니 일을 좋아 말게나
거문고에 줄 있는 것이 없는 것보단 나으리라

留春相待感花仙
雪色檀香兩妙天
寄謝後凋休好事
有絃無乃勝無絃

봄을 붙들어놓고
매화로 피어나는 신선을 기다렸더니
눈꽃 같은 자태와 맑은 향기
한없이 오묘하다

후조(後凋)에게 이르노니,

부디 일을 너무 좋아하지 말게나
거문고에 줄 있는 것이 없는 것보단 나으리

풀이

선생은 이 시에 다음과 같이 덧붙이고 있다. "일찍이 나는 생각하기를, 도연명의 '줄 없는 거문고'의 고사가 비록 높은 운치를 갖긴 하지만, 허무를 숭상하는 괴벽한 병폐를 면치 못하는 것 같다고 여겼다. 그런데 지금 후조당(後凋堂)이 보내온 시에 그의 고사를 인용하여, '매화의 마음은 꼭 꽃을 기다려서만 알 수 있는 것은 아니'라고 한다. 이 또한 저와 같은 병폐가 있는 것 같기에 그 말을 되짚어 회답한다." 도연명은 음률을 몰랐지만 줄 없는 거문고를 하나 갖고 있어서, 술이 얼근할 때마다 그것을 어루만지면서 거기에 자신의 뜻을 부쳤다고 한다.
'언우(彦遇)'는 선생의 제자 김부필(金富弼·1516-1577)의 자이며, '후조後凋(堂)'는 그의 호다.

(2)
매화를 접붙여서 본래 성질을 바꾸어
아름다운 그 꽃을 감상할 수 있다 하지만
심을 땅을 넓혀서 백 그루를 가꾼다면
천지에 가득 향기가 배어 쓸쓸하지 않으리라

奪性移天斷接餘
猶供佳玩待人蘇
何如拓地栽成百
香滿乾坤不淡枯

매화를 접붙여서
본래 성질을 바꾼 뒤에

뛰어난 품종 얻기를
기다린다고 하지만

심을 땅을 넓혀서
백 그루를 가꾼다고 하자

천지 가득 향기가 퍼진다 해도
삭막하지 않을까?

풀이

당시 사람들은 품질이 좋은 매화를 얻기 위해서 산살구나무 뿌리에 매화를 접붙이기도 했다고 한다. 하지만 선생은 그처럼 조작적이고 반자연적인 태도를 달가워하지 않는다. 선생에게는 매화의 정신 자체가 중요했기 때문이다.

읍청정(挹淸亭) 주인 김신중(金愼仲)이 분매를 길렀는데 동짓달 그믐 큰 눈이 내리는 날에 매화 한 가지와 시 두 편을 시냇가 나의 집에 보내왔다. 그 맑은 운치가 고상하기에 차운하여 시를 지어 보낸다. 이어 작년 봄에 서울에서 얻은 아름다운 분매를 귀향길에 가지고 오지 못했던 일이 잊히지 않아 그 뜻을 덧붙였다. [挹淸主人金愼仲盆養梅花 至月晦日 溪莊大雪中 寄來梅一枝詩二絶 淸致可尙 次韻奉酬 因記得去春都下 得盆梅甚佳 未幾東歸 思之未已 於後倂及之]

(1)

화분에 심은 매화가 섣달도 못 되어 피었구려

한 겨울 시내에는 눈조각들 휘날리오

꺾어 보낸 그대 생각에 맑은 기운 사무치니

'맑음을 떠올린다[挹淸]'는 호가 진정 빈말이 아니구려

盆中未臘梅花發

澗上窮陰雪片橫

折寄相思淸入骨

挹淸眞箇不虛名

화분에 심은 매화
섣달도 못 되어 피었다
한 겨울 시냇물에 눈송이들이 떠다니는데
매화 한 가지 꺾어 보낸 그대 생각에
맑은 기운이 사무치네요

'맑음을 떠올린다[挹淸]'는 그대의 호가
진정 빈말이 아니었군요

풀이

선생은 김신중의 매화시를 고쳐주기도 하면서 다음과 같이 답장을 보낸다. "눈 속에서 시를 받아보고는, 뜨락 아래를 거닐으니 옥구슬 같은 자취가 남고, 책상 위에 꽂아두니 막고야(藐姑射) 신선의 아름다운 자태를 대하는 듯합니다. 이처럼 맑은 기운을 나누어주신 것에 대해 깊이 감사드립니다." 오늘날 지식상품의 수요와 공급이라는 시장원리가 지배하는 교육현장에서, 이처럼 스승과 제자 사이의 아름다운 교류는 이제 찾아볼 길이 없게 되었다. 우리는 정말 옛날사람들보다 잘 살고 있는가?
'읍청정(挹淸亭)'은 선생의 제자 김부의(金富儀)의 호이며, '신중(愼仲)'은 그의 자다. 그는 '읍청정'이라는 당호(堂號)의 정자를 지었던 것으로 보인다. 매화가 그러하고, 또 선생이 그러하지만, 존재의 맑음을 추구하는 그의 삶의 정신이 잠시나마 우리의 마음을 맑게 해준다.

(2)

간절히 생각나네, 작년 2월 서울에서
분매를 두고 오는 소매를 신선바람이 잡아끌던 일
어찌 알았으랴, 지금 그대의 서재에
동짓달 넘기 전에 환상처럼 나타날 줄

痛憶京師二月中
盆梅歸袖挹仙風
那知此日高齋裏
幻出黃鍾律未窮

간절히 생각나네,
작년 2월 서울에서
분매를 두고 오는 소매를 바람이 잡아끌던 일을

어찌 알았으랴,
지금 그대의 서재에
동짓달 넘기 전에 환상처럼 나타날 줄을

풀이

서울에서 분매와 이별하면서 읊은 소회는 「한양의 거처에서 분매와 주고받다」는 시를 참조할 것.

달항아리와_매화1, 2011

김언우(金彦遇)와 김돈서(金惇叙)가 함께 김신중(金愼仲)을 방문하여 분매를 보고 쓴 시를 차운하니, 두 편이다 [彦遇惇叙同訪愼仲盆梅韻二首]

(1)

동지(冬至) 지나 땅속에서 한 가닥 양기(陽氣)가 발동하자
분매가 놀라 움직여 봄을 먼저 알리는구나
누가 능히 그려낼 수 있을까
두 시인이 눈 밟으며 술병 들고서 주인 찾는 모습을

至後微陽生九地
盆梅驚動已先春
誰能畵出兩騷客
踏雪携壺訪主人

동지(冬至) 지나 땅속에서
한 가닥 양기(陽氣)가 발동하자
분매가 놀라 움직여
봄을 먼저 알리는구나

누가 능히 그려낼 수 있을까
두 시인이 눈 밟으며
술병 들고 주인 찾는 모습을

풀이

전통에 의하면 동짓날 자정을 기점으로 음기(陰氣)로 가득한 천지에 생명의 기운인 양기(陽氣)가 생겨나 점점 커간다고 한다. 만물은 이 때부터 봄의 생명을 준비한다. 옛날 사람들은 이즈음에 막 소생하는 자연생명의 기운을 보호하기 위해 여러모로 노력하였다. 『주역』은 말한다. "임금은 동짓날 성문을 닫아 장사꾼들이나 여행객들이 왕래를 못하도록 하였다." 많은 사람들의 왕래는 아직 미약한 생명의 기운을 흐트러트릴 염려가 있다고 여겼기 때문이다. 『예기』 또한 말한다. "동짓날 군자는 몸과 마음을 정결하게 갖고 행동거지를 조심한다. 집 밖에 나가지 않으며, 음악과 여색을 멀리하며, 성정(性情)을 편안하게 유지한다." 이는 오늘날의 시각으로 보면 참으로 비과학적인 사고방식이지만, 생명을 존중하고 자신 안에서까지 그것을 기르려 했던 그들의 태도는 본받을 필요가 있다. 위에서 '두 시인'은 김언우와 김돈서를 가리킨다.

(2)

창밖에는 눈보라가 대지를 흔드는데

창안에선 옥빛의 매화송이가 봄을 잉태하겠네
하늘이 맑은 향기를 특별히 보호하려
추위의 위세를 막아 주인에게 주었구나

窓外雪風吹動地
窓間梅蘂玉生春
故應天護淸香別
隔斷寒威餉與人

창밖에는 눈보라가 대지를 흔드는데
창안에선 옥빛의 매화송이가
봄을 잉태하고 있다
하늘이 맑은 향기를 특별히 감싸주기 위해
추위의 위세를 막고
주인에게 건네주었구나

풀이

창밖엔 눈보라가 몰아치고, 선비들 셋이 분매의 옥빛 꽃송이를 감상하면서 술잔을 나눈다. 그들은 아마도 매화를 소재로 즉흥시를 주고받았을 것이다. 세상이 아무리 추워도 매화처럼 맑은 향기로 살리라 내심 다짐하기도 했을 것이다. 선생이 제자들의 많은 매화시들을 차운했다는 것은 그들 역시 선생의 영향 속에서 매화의 정신을 소중하게 기르려 했을 것임을 짐작케 해준다.

김언우(金彦遇)가 눈 속의 매화를 구경하고 다시금 달 밝은 밤을 약속하면서 지은 시를 차운하다 [彦遇雪中賞梅更約月明韻]

흰 눈 속 옥 같은 가지를 추위 아랑곳없이 구경하더니
또다시 계수나무 혼백을 맞아 마음껏 감상하려는구려
어떡하면 그 자리에 달을 오래 잡아두고서
매화꽃이 지지 않고 눈도 녹지 않게 할꺼나

雪映瓊枝不怕寒
更邀桂魄十分看
箇中安得長留月
梅不飄零雪未殘

흰 눈 속에도 옥 같은 매화 가지를
추위에 아랑곳없이 구경했는데
또 다시 계수나무의 영혼까지 맞아
마음껏 매화를 즐기고 있다

어떡하면 그 자리에 달을 오래 붙잡아두고서

매화꽃이 지지 않게 할까
눈도 녹지 않게 할까

풀이

'계수나무 혼백'은 달을 가리키지만, '혼백'이라는 표현에는 달을 상호 교감할 정신으로 여기는 뜻이 담겨 있다. 서양인들은 달을 두고 드라큐라나 늑대인간 등 음험하고 사악한 영상을 떠올린다. 그러나 우리의 선조들은 달에서 낭만을 찾을 뿐만 아니라, 그 이상으로 우리가 확보해야 할 정신세계를 상상한다. 선생의 시를 한 편 읽어보자. "가슴속에 한 점의 먼지라도 끼어 있다면 / 이 누대에 올라 밤마다 새로워지는 달을 바라보라 / 깨끗하고 맑고 참한 저 경지로 / 세속먼지를 다 털어버리라 하는구나" (「天淵玩月」) 달빛이 없으면 베토벤의 〈월광 소나타〉라도 들어보면 어떨까?

김신중(金愼仲)이 김언우(金彦遇)와 김돈서(金惇叙)에게 준 시를 차운하다 [愼仲贈彦遇惇叙韻]

한 치 땅 위에 꽃을 피우는 동짓달 매화
아리따운 그 모습이 섣달을 넘기도록 조르지 마오
병든 늙은이는 이 추운 골짜기에 살면서
깊은 봄에 이르러야 꽃구경을 하잖는가

寸土能開子月梅
連娟跨臘未須催
豈如病叟居寒谷
直到春深始見開

한 치 땅 위에 꽃을 피우는 동짓달 매화
아리따운 그 모습이 섣달을 꼭 넘기도록
너무 조르지 마시오

병든 이 늙은이는 이 추운 골짜기에 살면서
봄이 깊어져야 꽃구경을 하지 않는가

풀이

아마도 이는 매화의 감상을 너무 자랑하려 하지 말라는 뜻처럼 들린다. 동지선달을 넘어서야 꽃구경을 할 수 있는 자신의 심사를 헤아려 달라는 것이다.

김신중(金愼仲)이 달밤에 매화를 구경하며 지은 시를 다시 차운하다 [又雪月中賞梅韻]

분매는 맑은 운치를 풍겨내고
시냇가 눈은 차가운 물가에서 빛난다
여기에 달그림자가 어리니
이 모두 술을 부르게 한다
아득한 신선의 세계요
아름답고 참한 막고야(藐姑射)의 모습이다
힘들여 시 읊으려 하지 말라
시도 많으면 티끌에 불과하니

盆梅發淸賞
溪雪耀寒濱
更著冰輪影
都輸臘味春
迢遙閬苑境
婥約藐姑眞
莫遣吟詩苦
詩多亦一塵

화분 속 매화는 맑은 운치를 튕겨내고

시냇가에 쌓인 눈은 찬 물가에서 반짝인다

여기에 달그림자가 어리니

이 모두 술을 부르게 한다

아득한 신선의 세계요

아름답고 참한 막고야(藐姑射)의 모습이다

힘들여 시 읊으려 하지 말라

시도 많으면 티끌에 불과하니

풀이

선생이 "시도 많으면 티끌에 불과하다."고 충고한 것은 아마도, 시를 언어의 유희 쯤으로 여겨 남발하는 김신중의 태도를 겨냥한 것이 아닌가 생각된다. 단순히 매화의 아름다움이나 가볍게 읊으려 하지 말고, 매화의 정신을 온몸으로 체득하라는 것이다. 그것이 이른바 "나의 마음과 대상사물이 하나로 융화되기[정경융회(情景融會)]"를 기다리는 작시(作詩)의 정신이다.

김신중(金愼仲)과 김돈서(金惇叙)가 눈 속에서 매화를 찾아 지은 시를 차운하다 [愼仲惇叙雪中尋梅韻]

큰 눈이 펑펑 내리고 북풍은 몰아치는데
매화를 찾는 정경이 아련히 떠오르네
한퇴지(韓退之)의 절묘한 글귀가 갑자기 생각나니
하늘 위를 걷듯이 말 타고서 다리를 건넌다는

大雪漫漫朔吹飄
尋梅情境自迢遙
令人却憶韓公句
妙在行天馬度橋

큰 눈이 펑펑 내리고
북풍은 몰아치는데
매화를 찾는 정경이 아련히 떠오르네

하늘 위를 걷듯이 말 타고서 다리를 건넌다는
한퇴지(韓退之)의 절묘한 글귀가 갑자기 생각나네

풀이

'퇴지(退之)'는 당나라 문장가인 한유(韓愈·768-824)의 자다. 그는 읊는다. "거울 속에 들어갈 듯 새가 연못을 엿보고 / 하늘 위를 걷듯이 말 타고서 다리를 건넌다." 선생은 왜 갑자기 이 시구를 떠올렸을까? 하늘과 땅이 분간되지 않게 온통 눈으로 뒤덮인 세상에서 매화를 찾아가는 두 사람의 모습이 마치 하얀 공중의 두 점으로 연상되어서일까?

권장중(權章仲)이 매화꽃 아래에서 읊은 시를 차운하니 두 편이다 [次權章仲梅花下吟二首]

(1)

몸을 이끌고 구름 덮인 고향산천으로 돌아오니

세상만사가 통발이요 올가미라 따질 것이 없어라

기쁘구나, 산중의 늙은이 백발의 귀밑머리에

울긋불긋 온갖 꽃빛이 어지러이 비치다니

將身得返舊山雲

萬事筌蹄不用分

只喜山翁雙鬢雪

千紅萬紫照繽紛

몸을 이끌고 구름 덮인 고향으로 돌아오니

세상만사가 통발이요 올가미라 따질 것이 없어라

기쁘구나, 산중의 늙은이 백발의 귀밑머리에

울긋불긋 온갖 꽃빛 어지러이 비치다니!

풀이

통발이란 물고기를 잡기 위해 대나무를 엮어서 만든 도구다. 『장자』에 다음과 같은 글이 있다. "통발은 물고기를 잡는 도구로서, 물고기를 잡고 나면 통발은 잊게 된다. 올가미는 토끼를 잡는 도구로서, 토끼를 잡고 나면 올가미를 잊게 된다. 말이란 뜻을 주고받기 위한 방편으로써, 뜻을 얻으면 말은 잊어야 한다." 선생은 세상만사의 시비현장에서 벗어나고 싶은 염원을 저와 같이 은유하고 있다. 그것들이 자신을 갖가지로 구속하는 '통발'과 '올가미'처럼 여겨졌기 때문이다. 더 나아가 "세상만사가 다 마음먹기[諸法一切唯心造]"인 것이고 보면, 내가 스스로 만들어 자신을 속박하고 괴롭히는 온갖 관념의 '올가미'들에서 벗어날 필요가 있다. 한밤중 갈증에 마신 물이 달면 됐지, 그 물이 해골바가지에 담겼다는 사실에 속이 뒤집힐 일은 아니지 않는가.

'장중(章仲)'은 선생의 제자 권호문(權好文·1532-1587)의 자다.

(2)

근자에 술병 속엔 아황주(鵝黃酒)가 가득한데
하늘이 창가의 매화를 달빛으로 씻어준다
꿈 깨어 일어나서 두어잔 기울이며
나직이 읊조리니 가슴 가득 향기롭다

爾來甁子挈鵝黃

天向梅窓洗月光
夢覺起來拚數酌
微吟眞覺滿懷香

근자에 술병 속엔 아황주(鵝黃酒)가 가득한데
하늘이 창가의 매화를 달빛으로 씻어준다
꿈 깨어 일어나서 두어 잔 기울이며
나직이 시를 읊조리니 가슴 가득 향기롭다

풀이

'아황주'란 술의 일종으로 노란 빛을 띠고 있다고 한다. 선생이 깨어난 '꿈'은 부귀영화의 일장춘몽이 아니었을까? 그로부터 깨어나 초연하고 쇄락한 마음은 말로 표현하기 어려운 향기로 가득할 것이다.

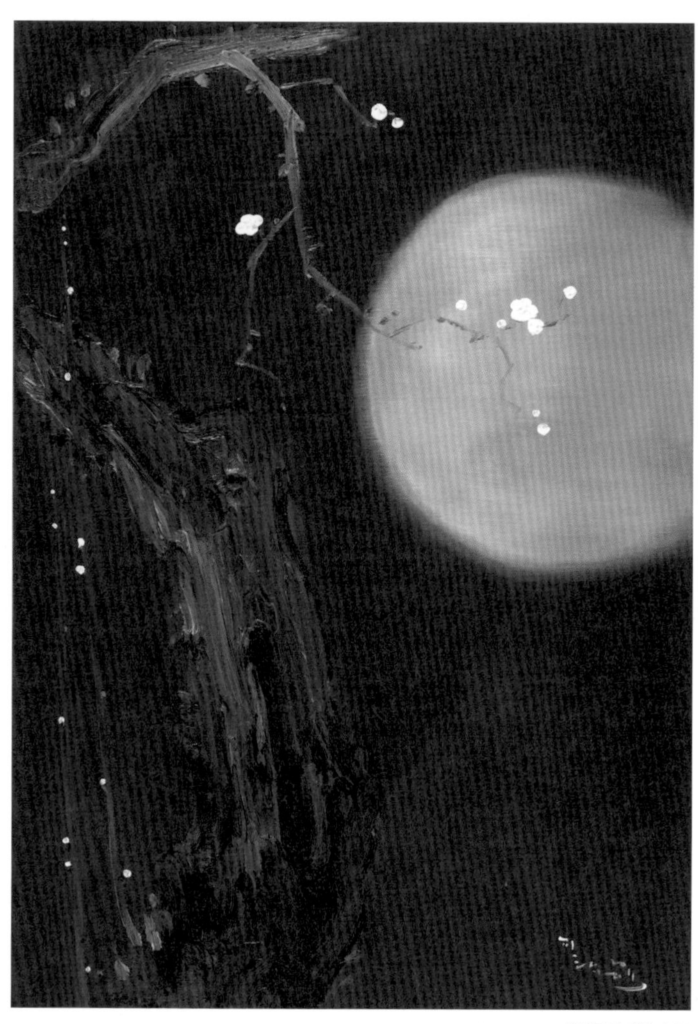

보름달과 매화, 2011

경오년(庚午年) 한식날에 안동에 가서 선조의 묘소에 참배할 계획이었는데, 후조당(後凋堂) 주인인 김언우(金彦遇)가 이를 알고서, 성묘 갔다가 돌아오는 나를 자신의 집으로 초대하여 매화를 구경시켜주겠다 하였다. 나는 그 제안을 쾌히 받아들이고서 당일에 막 출발하려 하는데 마침 임금님의 소명이 내려왔다. 그러나 소명을 따를 수 없어서 황공한 마음에 성묘 가는 것도 중지하는 바람에 언우와의 약속도 어기고 말았다. 이 때문에 서글픈 회포를 네 편의 시로 읊어 언우에게 보내니, 후조당의 매화와 문답하는 형식으로 하였다. 이로써 언우에게 한번 웃음을 짓게 하려 한다. [庚午寒食 將往展先祖墓於安東 後凋主人金彦遇擬於其還 邀入賞梅 余固已諾之 臨發 適被召命之下 旣不敢赴 惶恐輟行 遂至愆期 爲之悵然有懷 得四絶句 若與後凋梅相贈答者 寄呈彦遇 發一笑也]

(1)

후조당 아래에 핀 한 그루 매화

얼음과 서리 같은 자태로 늦봄을 독차지했으리라

어찌 알았으랴, 임금님의 조서가 엊그제 내려와서
아름다운 약속이 깨지게 될 줄을

後凋堂下一株梅
春晩冰霜獨擅開
豈謂天書下前日
能令佳約坐成頹

후조당 아래에 핀 한 그루 매화
얼음 같은 서리 같은 자태로
늦봄을 독차지했으리라

어찌 알았으랴,
임금님의 조서가 엊그제 내려와서
아름다운 약속이 깨지게 될 줄을

풀이

이는 선생이 후조당의 매화에게 보내는 시다. 선생은 김언우와 약속했지만 그를 옆으로 제치고서 매화에게 말을 걸고 있다. 마치 매화와 약속한 것처럼. 경오년은 1570년이니 선생이 돌아가신 바로 그해에 지은 시이다.

(2)

매화가 나를 속인 게 아니라 내가 매화를 저버렸으니

그윽한 회포를 나눌 길이 막혔구나

너의 풍류가 도산에 없었다면

근년의 내 심사가 무너지고 말았으리

梅不欺余余負梅

幽懷多少阻相開

風流不有陶山社

心事年來也盡頹

매화가 나를 속인 게 아니라

내가 매화를 저버렸으니

그윽한 회포를 나눌 길이 막혔구나

너의 풍류가 도산에 없었다면

근년의 내 심사가 무너지고 말았으리

풀이

'도산' 운운은 도산의 절우사(節友社)에도 매화가 있음을 두고 말한 것이다. 절우사에 대해서는 이 시집의 「절우사(節友社)」를 참조. 선생은 만년에 들어설수록 매화와의 교감이 더욱 깊어갔던 것으로 보인다. 그야말로 매화의 정신은 곧 선생의 삶의 정신이었다.

(3)

후조당의 매화가 답하다 [後凋梅答]

듣자하니 그대는 지난 봄 벼슬에서 벗어나
구름을 갈고 달을 낚는다니 정말 맘에 들었는데
또다시 세속일로 나를 저버리니
누구와 친하려는지 모르겠구려

聞君逃祿自前春
釣月耕雲儘可人
更惹塵機來負我
不知誰復與相親

듣자하니
그대는 지난 봄 벼슬에서 벗어나
구름을 갈고 달을 낚는다니
정말 맘에 들었지
또 다시 세속의 일로 나를 저버리니
누구와 친해지려는지

나는 모르겠구려

풀이

중국 송나라 관사(管師)라는 사람이 숭산(嵩山)에 은거했는데, 혹자가 "무슨 즐거움으로 사는가?" 하고 묻자 다음과 같이 대답하였다. "산언덕에 가득한 흰 구름은 아무리 갈아도 끝이 없고, 연못의 밝은 달은 아무리 낚아도 흔적이 없다네. [滿塢白雲耕不盡 一潭明月釣無痕]" '세속일'이란 임금의 소명을 두고 말한 것이다. 선생은 매화 말고는 깊은 정신적 교감을 나눌 벗이 없음을 매화의 입장에서 그렇게 고백하고 있다.

(4)

시의 정취 그윽한 후조당의 봄철에
주인의 굳은 절조를 그대는 의심하지 마오
은밀한 마음 교류를 나와 이미 맺었으니
복사꽃 오얏꽃과는 어울리지 않을 거요

騷情非淺後凋春
苦節君休訝主人
與我已成心契密
不應桃李更交親

시의 정취 그윽한 후조당의 봄철에
주인의 굳은 절조를 그대는 의심하지 마오
우리는 은밀한 마음이 서로 오가는 사이이니
복사꽃 오얏꽃과는 어울리지 않을 거요

풀이

김언우의 호 '후조당(後凋堂)'은 원래 공자의 말에서 차용한 것이다. 공자는 말한다. "시절이 추워진 뒤에 소나무와 잣나무가 뒤늦게 시듦을 알리라 [歲寒然後 知松栢之後凋]" 여기에서 '뒤늦게 시든다 [後凋]' 했지만, 사실 소나무와 잣나무는 사철 푸른 나무들이다. 이들은 한겨울과 같은 동토의 세상에서도 변함없이 푸르른 도덕정신, 즉 '굳은 절조'를 상징한다. 후조당의 매화는 김언우가 복사꽃이나 오얏꽃처럼 부귀영화 속에서 시들지는 않을 것이라고 김언우를 그렇게 감싸고 있다.

내가 언우에게 보낸 시에서, "비록 그곳에서 매화를 함께 구경하기로 한 약속은 저버렸지만, 다행히 도산에도 매화가 있어 스스로 위안이 된다."고 말한 일이 있었다. 그런데 얼마 있다가 언우가 도산으로 찾아와 절우사(節友社)를 둘러보고는 하는 말이, "매화가 추위의 손상을 너무 심하게 입어 꽃을 꼭 기대하기는 어려울 것 같다."고 한다. 나는 그 말을 듣고는 반신반의하면서 언우의 시를 차운하여 나의 소회를 풀고 또 이를 언우에게 보여주니, 두 편이다. [余贈彦遇詩 謂雖負尋梅於彼 亦有陶山梅 足以自慰 已而 彦遇來訪溪上 歷陶社云 梅被寒損特甚 著花未可必 余聞之將信將疑 用彦遇韻以自遣 且以示彦遇 二首]

(1)

도산에서 우정을 맺은 매화 여덟 아홉 가지

이 봄에 순백하고 고고하게 꽃피기를 기다리는데

되돌아 생각하니 높은 산중에 추위도 심해

혹시나 천상의 향기가 심한 손상을 입지 않으려나

結社陶梅八九條

佇看眞白發春孤
飜思託地高寒甚
莫是天香太損無

도산에서 친해진 매화 여덟아홉 가지
이 봄에 순백하고 고고하게 꽃피기를 기다리는데
되돌아 생각하니 높은 산중에 추위도 심해
혹시나 천상의 향기가 심한 상처를 입지는 않으려나?

풀이

사람들은 매화를 보면 매실주와 매실음료수와 매실장아찌만 생각한다. 매화가 꽃필 시절에 추위가 닥치면 매실의 수확이 줄어들 것만 걱정한다. 물질주의의 '추위'가 이토록 심하게 사람의 정신을 손상시키고 있다. 조화가 난무하는 세상에서 어떻게 하면 내 안의 '순백한 꽃'을 아름답게 가꾸고 '천상의 향기'를 맑게 피울 수 있을까?

(2)

눈발이 거칠게 내리고 바람은 사납게 몰아치는데

가지가 꺾이고 상하면서도 굳센 기개는 더욱 고고하구나

영웅호걸이 아무리 죽고 없다 하지만

그 정신까지 어찌 다 없어지겠는가

雪虐風饕戰許條

摧傷烈氣更貞孤

君廚俊及雖凋謝

樹屋烟爐詎盡無

눈발이 거칠게 내리고

바람은 사납게 몰아치는데

가지가 꺾이고 상하면서도

매화의 굳센 기개는 더욱 고고하구나

영웅호걸이 아무리 죽고 없다 하지만

그 정신까지 어찌 다 없어지겠는가?

풀이

추위가 심할수록 따뜻한 봄날이 어서 오기를 바라는 것이 인지상정이다. 마찬가지로 어지러운 세상일수록 사람들은 매화의 정신을 그리워한다. 그 정신을 남들에게서 바라지 말고, 자신의 내부에서 찾아 키워야 하지 않을까? 그 정신은 바로 내 안에 있다. 나의 아름답지 못한 삶을 세상 탓으로 돌릴 일이 아니다. 이 시에서 '군주준급(君廚俊及)'은 중국 후한(後漢)시절의 영웅호걸들을 가리키고, '수옥연로(樹屋烟爐)'는 역시 후한 때 은둔했던 사람들의 정신을 일컫는다. 전자는 심한 추위로 손상을 입은 여덟 그루의 매화를, 후자는 아직 살아 있는 나머지 한 그루를 은유하고 있다.

도산의 매화가 겨울 추위로 상하였기에 한숨을 지으며 시를 지어 김언우(金彦遇)에게 보내고, 또 김신중(金愼仲)과 김돈서(金惇叙)에게 보여준다 [陶山梅爲冬寒所傷 歎贈金彦遇 兼示愼仲 惇敍]

매화 구경 함께 하자 일찍 언약했는데
매화 향기 피어나자 약속을 저버리고
도산의 매화에다 마음을 기약하여
밤마다 꿈속에서 매화를 찾았어라
어제는 그대와 함께 매화집에 들렀더니
매화정취 삭막하여 슬픔을 자아내네
여덟 그루 매화는 안개 속에 빈 가지요
한 그루의 매화송이는 피지가 않았구나
지팡이로 둘레를 돌며 매화를 읊조리니
겨울 신(神)은 어찌하여 내 매화를 괴롭히나
그대 집의 매화는 따뜻함을 얻었지만
이곳의 매화집은 바람 많고 추위도 심해
하늘에 편지를 써서 매화의 원망을 하소연하고
글월을 지어서는 매화의 혼백을 부르려 하네
매화의 원망이 사무치면 하늘도 가엽게 여기고

매화의 혼백이 돌아오면 내 따뜻하게 맞아주리
예전부터 복사꽃과 오얏꽃이 매화를 시샘하여
화려 사치 뽐내면서 매화의 순결을 비웃었지
하지만 매화의 뿌리가 남아만 있다면
한 번쯤 꽃 안 핀들 매화에게 무슨 험이 되리
더군다나 한 매화만 꽃피어도 사람들을 감동시킬 텐데
매화여, 울긋불긋 꽃들과 어찌 봄을 다투려 하겠는가
나는 아침마다 매화 너를 찾아오려 하나니
서한(西漢) 말기 오시(吳市)의 문지기 매자진(梅子眞)이 그랬다지

與君賞梅曾有諾
及到梅香我負約
心期獨在山中梅
溪夢夜夜探梅蕚
昨日梅社共君來
梅興索漠令人哀
八梅風烟但空枝
一梅數蕚猶未開
杖藜吟梅遶百匝
冥頊胡爲我梅厄
不比君家梅得暖
梅社風多寒更虐
我欲牋天籲梅寃

我欲作辭招梅魂

梅寃悄結天所憐

梅魂歸來我所溫

向來桃李妬梅白

奢華競笑梅孤潔

但使吾梅本根在

一闋英華梅豈缺

何況一梅之發可動人

梅乎肯與千紅白紫爭一春

我願朝朝走訪一梅君

西京之末只有吳門梅子眞

매화 구경 함께 하자 일찍 약속했는데

매화 향기 피어나자 약속을 저버렸네

도산의 매화에 이끌리는 내 마음

밤마다 꿈속에서도 매화를 찾았어라

어제는 그대와 함께 매화네 집에 들렀더니

그 매화의 정취 삭막하여 나는 슬펐네

여덟 그루 매화는 안개 속에 빈 가지였고

한 그루의 매화는 아예 피지를 않았네

지팡이로 둘레를 돌며 매화를 읊조리니

겨울 신(神)은 어찌하여 내 매화를 괴롭히나

그대 집의 매화는 따뜻함을 얻었지만
매화네 집은 바람도 많고 추위도 심해
하늘에 편지를 써서 매화의 원망을 하소연했네
문장을 지어서 매화의 영혼을 불러보았네
매화의 원망이 사무치면 하늘도 가엽게 여기고
매화의 영혼이 돌아오면 내 따뜻하게 맞아주겠네
예전부터 복사꽃과 오얏꽃이 매화를 시샘하여
화려한 사치 뽐내면서 매화의 순결을 비웃었지
하지만 매화의 뿌리가 남아만 있다면
한 번쯤 꽃 안 핀들 매화에게 무슨 험이 되리
더군다나 한 매화만 꽃피어도 사람들을 감동시킬 텐데
매화여, 울긋불긋한 꽃들과 어찌 봄을 다투리
매화여, 나는 아침마다 너를 찾아오려 하나니
서한(西漢) 말기 오시(吳市)의 문지기 매자진(梅子眞)이 그랬다지

풀이

각행마다 '매화' 글자를 넣은 것이 이채롭다. 선생의 매화사랑을 절절하게 보여준다. 이는 물론 원예가의 취미와는 차원이 다르다. 하물며 화초를 돈(상품)으로만 바라보는 천박한 시선은 매화의 혼백을 눈곱만큼도 느낄 수 없을 것이다.

'매자진(梅子眞)'은 서한(西漢) 말기에 에 살았던 매복(梅福)의 자다. 그는 어지러운 정치판을 떠나 처자까지 버리고 은둔하였는데, 성명

을 바꾸어 오시(吳市)의 성문 문지기가 되었다고 한다. 뒷날 사람들은 그를 매선(梅仙)이라 일컬었다.

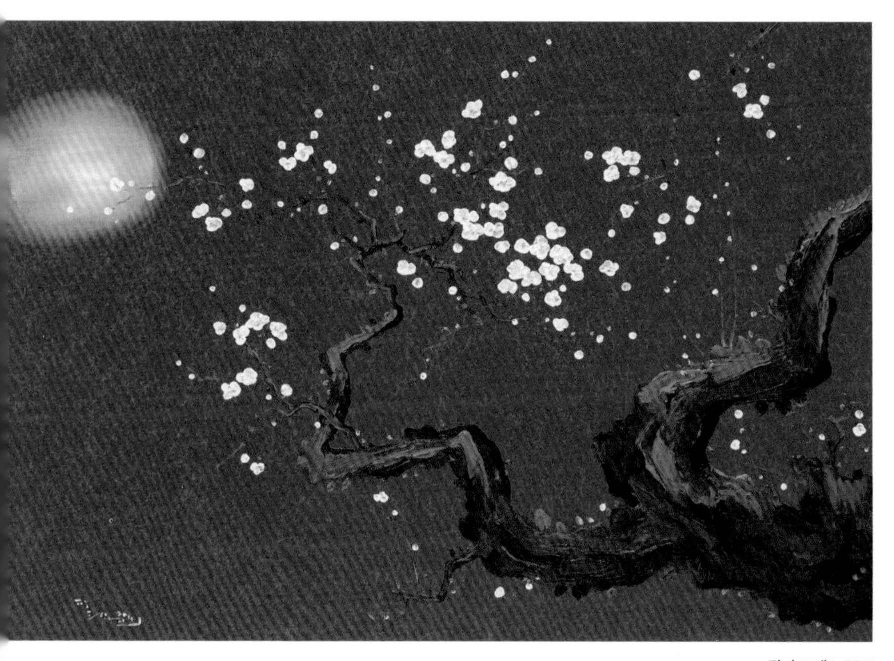

달과 고매4, 2011

도산서당에서 밤에 일어나 달을 바라보며 매화를 읊다 [溪齋夜起對月詠梅]

군옥산(羣玉山) 꼭대기의 우두머리 신선

얼음처럼 맑은 살결에 백설 같이 하얀 얼굴이 꿈에도 아름답구나

일어나서 밝은 달 아래 마주 서서 바라보니

완연히 신선의 자태로 빙그레 웃는구나

羣玉山頭第一仙

冰肌雪色夢娟娟

起來月下相逢處

宛帶仙風一粲然

군옥산(羣玉山) 꼭대기에 사는 최고의 신선은

얼음처럼 맑은 살결에 백설같이 하얀 얼굴을 가졌다네

꿈속에서도 아름답다네

일어나서 밝은 달 아래 마주 서서 바라보면

완연히 신선의 자태로 나를 보며 웃는다네

풀이

매화를 볼 수 없다면 아름다운 사람과 밝은 달빛 아래 함께 걸어보면 어떨까? 그렇지만 차들이 굉음을 내면서 달리는 빌딩들 사이는 아니고, 도시 밖 호젓한 들길이면 좋겠다. 서로의 얼굴이 매화처럼 보이면서 매화 같은 향기가 둘 사이를 감돌 것 같다. '군옥산(羣玉山)'은 신선이 산다는 산을 말한다.

김언우(金彦遇)가 보내온 시를 차운하다 [次韻彦遇見寄]

조물주는 외롭도록 빼어나게 만들었고
하늘땅은 신묘하게 공력을 들였건만
얼음이 엉켜서 햇빛에도 녹지 않고
눈으로 뭉쳐서 바람에도 꿈쩍 않는다
때마침 좋은 시절인데도
멋진 구경이 헛될 줄을 어찌 알았으랴
명년에 꽃들이 가지 가득 열리면
달 밝은 날에 찾아 와서 보리라

造化全孤秀
乾坤賦妙功
綴冰非爍日
團雪不驚風
幸值佳期至
那知勝賞空
明年開滿樹
來看月明中

조물주는 정성을 다해
하늘과 땅을 절묘하게 만들었지만
지금은 겨울,
얼음이 백인 것은 햇빛에도 녹지 않고
눈으로 뭉쳐진 것은 바람에도 꿈쩍 않는다

때마침 좋은 시절인데
멋진 구경이 헛될 줄을 어찌 알았으랴
내년에 꽃들이 가지 가득 열리면
달 밝은 날에 찾아 와서 보리라

풀이

얼음이 얽힌 깡마른 매화가지와, 눈으로 뭉쳐 피어날 줄 모르는 매화송이 앞에서 마음 아파할 줄 아는 사람은 세상만물을 따뜻하게 바라보는 시선을 잃지 않으리라. 삶을 아름답게 사는 길이 여기에서 열리리라. 선생은 명년을 기다리지 못하고 이 해에 세상을 떠난다.

김이정(金而精)이 서울의 분매를 손자 안도(安道)에게 굳이 부탁하여 배로 부쳐오니, 기쁨에 시를 한 편 짓다 [都下盆梅好事金而精付安道孫兒船載寄來喜題一絶云]

몇 만 겹의 세속먼지를 털어버리고

세상 밖으로 나와서 늙은이와 벗하는구나

그가 굳이 나에게 보내오지 않았다면

찬 얼음과 백설 같은 그 모습을 어찌 해마다 보겠는가

脫卻紅塵一萬重

來從物外伴癯翁

不緣好事君思我

那見年年冰雪容

몇 만 겹의 세속 먼지를 털어버리고

세상 밖으로 나와서 이 늙은이와 마주하고 있구나

그가 이 매화를 굳이 나에게 보내오지 않았다면

찬 얼음과 백설 같은 그 모습을 어찌 해마다 보겠는가

풀이

세속먼지를 뒤집어쓰고 세상에 붙박여 살면서 어떻게 저 경지를 가늠할 수 있을까마는, 그렇다고 해서 낙망할 일은 아니다. 한 번쯤 적막한 산중에서 하룻밤 자면서 밝은 달, 총총한 별들을 올려다보자. 세상만사 다 잊히고 호연한 기상 속에서 나무 한 그루, 풀벌레 한 마리와도 벗하고 싶은 마음이 들지 않을까? 내 안에서 '천상의 향기'를 느낄 수도 있지 않을까? 그것을 일상에서도 키울 수 있다. 마음의 수행이 그렇게 어려운 일만은 아니다. 일을 보다가 때때로 자리 옆에 놓인 화분에, 아니면 창밖 하늘에 무심히 눈길을 던져보기도 하자. 심미적인 쾌감은 물론, 순간 찾아드는 마음의 고요와 평화 속에서 이 세상의 모든 것들을 깊이 끌어안고 싶은 생각이 들기도 할 것이다. 사랑의 마음이다.

기록에 의하면 이것이 선생의 마지막 매화시인 것으로 보인다. 선생은 세상을 떠나는 날 시종하는 사람에게 분매에 물을 주도록 당부하고는 병석에서 일어나 앉아서 숨을 거둔다. 향년 70세로 1570년 음력 12월 8일이다. 선생의 서거 후 도산의 매화는 오늘날까지 얼마나 외롭게 지내왔을까? 관광객들의 잡답은 그를 더욱 외롭게 하리라. 올겨울엔 어느 밝은 달밤 매화 아래에서 술 한잔 들면서 매화의 혼백을 불러보면 어떨까?

〈발문〉

이화(梨花)로 물으니 매화(梅花)로 답하다

1977년 3월. 대구의 한 고등학교 교정이었다. 당시 고등학교 2학년 문예반원이었던 나는 몇 동급생들과 반을 나누어 신입생들의 교실에 들어가 문예반원을 모집하던 중이었다.
당시 국어선생님은 도광의 시인이었는데, 시나 시조는 통째로 외우게 했다. 그때 외운 시조가 고려말 이조년(李兆年)이 지은 「이화에 월백하고」 이다.

이화(利花)에 월백(月白)하고 은한(銀漢)이 삼경(三更)인제
일지춘심(一枝春心)을 자규야 알랴마는
다정(多情)도 병인양 하여 잠못들어 하노라

배우면 모름지기 써먹어야 하는 법. 나는 천연덕스럽게 1학년 교실에서 이 시조를 읊은 다음, 고등학교 2학년 수준에서 이 시조를 해설했다. '일지춘심'은 당시 첫사랑에 가슴 앓던 나의 심정이었기에 어쩌면 호소력이 있었는지도 모르겠다.

1학년 교실에서 쉬는 시간 5분 동안 그렇게 문예반 홍보를 하고 교실을 나오는 순간, 까까머리가 예쁘고 눈웃음이 곱상한 한 녀석이 나를 불러 세웠다.

"형, 잠깐만요."

그의 말은 자기는 중학교 때 미술반에서 그림을 그렸는데 문예반에 들어가도 되냐는 것이었고, 나는 물론, 좀 으시대면서 '열심히 하면 된다'고 답해 주었다. 그 1학년 학생이 바로 오늘날 유명 시인이 된 안도현이다.

안도현은 열심이었다. 문예실 청소를 비롯하여, 선배들의 잔신부름을 도맡아 하던 안도현은 '태동기(胎動期)'라는 이름을 가진 문예반 9대 반장이었던 나를 이어 10대 반장이 되었음은 물론, 고등학교 2학년 때부터는 발군의 실력을 발휘하여 전국의 백일장을 휩쓸고 다녔다. 이른바 소년 문사(文士)가 탄생했던 것이다. 내가 알기로 안도현만큼 고등학교 때 상 많이 받은 사람은 대한민국에는 없다.

그리고 세월이 흘렀다. 안도현은 대학에 입학하던 해인 1981년 대구매일신문 신춘문예에 「낙동강」이, 1984년 동아일보 신춘문예에 「서울로 가는 전봉준」이 당선되어 문단에 화려하게 데뷔했고, 그 뒤 승승장구하여 오늘에 이르고 있다. 대중적 인기와 문학적 성취를 함께 쌓아가고 있는 것이다.

고등학교를 졸업하고 그 뒤 30여 년이 지나는 동안 안도현과 나는 잊을 만하면 한 번씩 만나 즐거운 술잔을 들었고, 여행도 몇 번 다녔다. 나야 1991년 문학평론으로 등단하였으니 문단으로 보자면 내가 후배지만, 고등학교 1년 선후배가 어디 세월이 간다고 서열이 바뀌는 것인가. 사실 안도현과 나의 나이가 같다. 내가 생일이 빨라 우연히 1년 선배가 되었을 뿐이지만, 아직도 안도현의 나에 대한 호칭은 '형'이다.

그동안 나는 유명 시인 안도현을 많이 팔아먹었다. 나의 문예반 1년 후배라고. 1학년 때는 내가 시를 가르쳤노라고. 하지만 그것은 지금 고백하건대 새빨간 거짓말이다. 안도현은 스스로 시를 체득했다. 미당을 읽고 김춘수를 읽으면서 스스로 시를 배웠다. 해직(解職)의 어려운 시절과 청장년기를 거치면서 스스로 시를 단련시켰다. 그리고 일가(一家)를 이루었다.

2012년 맹춘(孟春), 남쪽에서 전화가 왔다. 안도현 시인이었다. 내용인즉슨 퇴계학을 하시는 전북대학교의 김기현 선생이 퇴계의 매화시를 번역하고 해설을 달고, 자신이 그 번역시를 바탕으로 다시 '손 좀 본' 시와 함께, 송필용 화백이 그린 매화 그림을 넣어 시집 한 권을 내면 어떻겠냐는 것이었다. 설명이 필요 없는 퇴계와 그 전공자 김기현 선생과 발군의 시인과 화가가 만났으니, 이 책의 형용과 내용은 자못 깊지 아니하랴.

고등학교 시절 이화(梨花)로 물었더니, 35년이 지나 안도현 시인이 퇴계를 빌어 매화(梅花)로 답했다. 그것이 바로 이 시집이다. 문향(文香)과 매향(梅香)을 독자제현(讀者諸賢)과 함께 누리고자 한다.

하응백(문학평론가, 휴먼앤북스 대표)

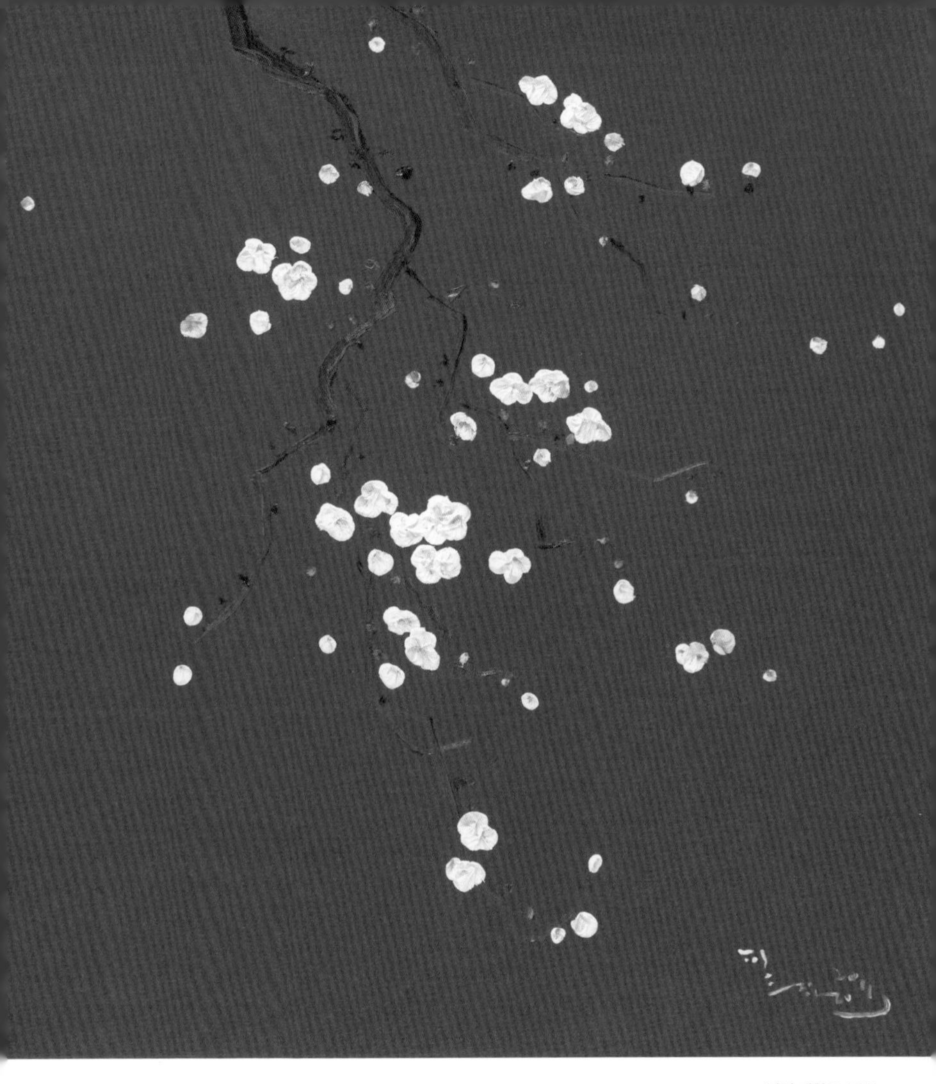

달빛 매화21, 2011

달빛 매화1, 2011